암흑전귀
어둠의 상자

류진 新무협 판타지 소설

FANTASTIC ORIENTAL HEROES

어둠의 성자 1

류진 新무협 판타지 소설

초판 1쇄 찍은 날 § 2015년 3월 19일
초판 1쇄 펴낸 날 § 2014년 3월 26일

지은이 § 류진
펴낸이 § 서경석

편집부장 § 권태완
편집책임 § 이창진

펴낸곳 § 도서출판 청어람
등록번호 § 제387-1999-000006호
등록일자 § 1999. 5. 31
어람번호 § 제2-2580호

주소 § 경기도 부천시 원미구 부일로 483번길 40 서경B/D 3F (우) 420-822
전화 § 032-656-4452 팩스 § 032-656-4453
http://www.chungeoram.com
E-mail § chungeorambook@daum.net

ISBN 979-11-04-90167-6 04810
ISBN 979-11-04-90166-9 (세트)

어둠의 성자

류진 新무협 판타지 소설

FANTASTIC ORIENTAL HEROES

1

그날.
하늘에서 별이 쏟아지고 모든 것이 변했다.

제1장
수호자

번천(翻天) 오백십이 년.

하남성(河南省) 도혜현(到惠縣).

으드득! 으드득!

설미량(雪美良)은 제발 저 소리가 멈추기를 바랐다. 귀를 막아도 들렸고 멀리 떠날 수도 없었다. 퉁퉁 부은 다리는 뼈가 부러진 것 같은 고통을 호소했지만 저 소리, 으드득! 으드득! 딱딱한 것끼리 부딪쳐 으깨지는 저 소리가 다리의 고통보다 더 괴로웠다.

그런데 어느 순간 그 소리가 멈췄다. 그녀는 두려웠지만 아주 느리게 고개를 들었다. 달마저 구름에 가려 먹물을 뿌려놓은 것처럼 까만 어둠 속에서 '그것들'이 보였다.

단지 파랗고 붉게 번뜩이는 눈과 방금 포식을 끝낸 흔적인, 피를 뚝뚝 떨어뜨리는 하얀 이빨만 선명했다.

어서 꿈나라로 가야지.

아가야 깨어 있으면,

누군가 방문을 두드릴 거야.

누구세요? 누구세요?

그들은 대답하지 않아.

절대 대답하지 않아.

그냥 널 찾아올 거야.

그러니 어서 편안한 꿈나라로 가려무나.

세해귀가 없는 안전한 꿈나라로.

어릴 때 어머니가 잠자리에서 칭얼대던 그녀에게 흥얼거리던, 자장가라고 하기에는 너무 무서웠던 그 노래 속의 세해귀(世害鬼).

더 이상 어린애가 아니었을 때는 그게 그저 자신을 재우기 위한 어머니의 귀여운 협박이라는 걸 알았지만, 더 나이가 들어서는 세해귀가 단지 협박만은 아니라는 걸 알게 되었다. 단지 어머니의 노래처럼 자지 않는 어린아이의 방만을 찾아오는 건 아니었다.

이렇게 한밤중에 외가에서 돌아오는 마차를 습격해 인간을 잡아먹을 수 있는 존재가 바로 세해귀였다. 그러나 오늘, 바로 이 밤까지는 그저 존재만 알았을 뿐 그녀가 세해귀의 먹이가 될 줄은 상상조차 하지 못했다.

자장가처럼 꿈나라로 도망칠 수 있다면 스스로 땅에 머리를 찧어 정신을 잃고 싶었다. 하지만 현실은 짐승의 짙은 노린내를 풍기며 다가오는 세 마리의 세해귀에게서 도망칠 방법이 없었다.

왜 저런 존재가 세상에 있게 된 걸까? 마차를 가로막을 때는 분명 인간의 모습이었는데, 인간이 어떻게 저런 괴물로 변할 수 있는 거야?

그리고 하필 이런 불운은 왜 그녀에게 찾아온 것일까?

온갖 생각들이 머리를 어지럽히는 그 시간들을 세해귀의 걸음이 천천히 갉아먹고 있었다.

크르르르…….

짐승의 그것과 똑같은 소리가 긴 주둥이를 뚫고 튀어나왔다. 저건 분명 늑대다. 중간과 오른쪽에 있는 놈들은 호랑이고. 보통의 그것들보다 세 배는 더 커 보이는, 인간의 탈을 쓰고 있었던 세해귀들.

설미량은 본능적으로 세해귀에게서 멀어지려 했지만 엉덩이로 땅을 고작 한 자 남짓 끄집었을 뿐이다. 짙은 남색의 치마가 돌부리에 걸리며 찌익! 하고 찢어졌다.

호위무사 두 명과 마부, 하녀를 잡아먹은 세 마리의 세해귀는 아직 배가 고픈 모양이다. 긴 혀로 주둥이 주변의 피를 핥은 녀석들은 서로 어깨를 부딪치며 그녀와의 거리를 좁혔다.

희망을 가지기에는 절망의 그림자가 그녀를 휘감고 있는 어둠보다 더 짙었다. 지금 바라는 것은 죽음의 고통이 크지 않기를, 그것뿐이었다.

끼아아악!

검은 하늘에서 수백 마리의 까마귀가 한순간에 토하는 외침 같은 것이 들렸다.

별 의미 없는 새의 울음이라고 생각했는데 세해귀 세 마리는 그녀와 불과 두 자 남짓한 거리를 남기고 다가오는 걸 멈췄다.

그들의 번뜩이는 붉고 푸른 눈이 주변을 경계했다.

설미량은 환각이라고 생각했다. 하늘에서 떨어진 무언가는 그녀의 눈물이 만들어낸 어둠의 일렁임 같았다. 그런데 중앙의 호랑이 머리 바로 위에 다다른 순간 그녀는 똑똑히 보았다.

'사람?'

아니다. 사람에게 저렇게 한 자나 되는 손톱과, 입술을 비집고 튀어나올 정도로 긴 송곳니가 있을 리 없다. 인간이 아니라면 새로 나타난 자 또한 세해귀다.

지독하게 긴 그 손톱은 사방을 살피는 호랑이의 머리를 뚫고 들어갔다.

인간의 그것과는 너무 다른 비명이 쩍 벌린 주둥이에서 튀어나왔다. 늑대와 남은 한 마리의 호랑이가 뒤늦게 적의 출현을 눈치채고 포효와 함께 달려들었다.

가까이 있는 호랑이를 훌쩍 뛰어넘은 송곳니의 세해귀는 늑대의 등에 올라타더니 어둠속에서 스스로 빛을 내는 것처럼 하얀 송곳니를 수북한 목털 사이로 쑤셔박았다.

크어엉!

분노인지 고통인지 모를 소리를 토해낸 늑대는 송곳니 세해귀를 떼어내려 몸부림을 쳤지만, 송곳니 세해귀는 늑대의 일부라도 되는 것처럼 달라붙어서 떨어지지 않았다.

그 빠르고 격렬한 움직임 속에서도 설미량은 보았다. 송곳니 세해귀의 목젖이 위아래로 크게 일렁이는 것을.

'피를 마시는 건가?'

호랑이는 늑대의 목에 매달린 송곳니 세해귀를 향해 달려들었다. 사람 하나는 통째로 들어갈 것처럼 쩍 벌어진 입이 막 닿으려 할 때 송곳니 세해귀가 바닥으로 툭 떨어졌다.

미처 그것을 보지 못한 호랑이의 피 묻은 이빨은 그대로 늑대의 목을 물었다.

까드득!

이빨과 목뼈가 어긋나며 나는 소리가 소름끼치게 들렸다. 호랑이에게 목이 물린 늑대는 그대로 축 늘어졌다. 뒤늦게 동료를 죽인 것을 깨달은 호랑이가 급히 턱의 힘을 뺄 때 쇠붙이가 살을 파고드는 특유의 소리가 낮게 울렸다.

송곳니 세해귀의 손톱이 호랑이의 목을 관통한 것이다. 거짓말처럼 호랑이의 움직임이 멈췄다. 한차례 잔경련을 일으킨 호랑이는 그 육중한 몸을 땅에 눕혔다.

죽은 호랑이와 늑대는 어느새 벌거벗은 사내의 모습이 되어 있었고 마지막 한 마리 또한 서서히 인간의 형상으로 변했다.

죽은 자들만 인간으로 돌아온 게 아니었다. 세 마리의 세해귀를 죽인 자 또한 모습이 변했다. 긴 손톱은 모래에 물이 스며드는 것처럼 살 속으로 사라졌고 송곳니는 입술 안으로 자취를 감추었다.

때마침 달을 가리고 있던 짙은 구름이 움직이며 노란 빛이 사내를 비추었다. 이제 갓 스무 살쯤 되어 보이는, 하얀 얼굴에 조금은 마른 체구를 가진 평생 책만 읽은 것 같은 외모를 가지고 있었다.

사내는 세해귀들의 죽음을 다시 한 번 확인한 후 설미량을 향해 다가왔다. 덜컥 겁이 난 그녀가 소리쳤다.

"가까이 오지 말아요!"

"아직은 내 도움이 필요할 것 같은데?"

"다… 당신은 사람이 아니잖아요?"

"사람만이 사람을 도와줄 수 있는 건가?"

"하지만 왜……?"

설미량을 향해 있던 시선이 아련히 먼 곳을 보는 것처럼 흐릿해졌다.

"글쎄, 왜일까? 어쩌면 고향을 그리워하는 것과 같은 것일지도. 본래의 난… 너 같았으니까."

그녀의 눈이 잔뜩 커졌다.

"당신이… 여자였다고요?"

*   *   *

투둑!

오희련(吳熙聯)의 발에 밟힌 잔가지가 부러지며 옅은 소리를 냈다. 폐사당을 향해 걸음을 옮기던 나머지 네 명이 동시에 움직임을 멈추고 오희련을 봤다.

'조심해! 이 바보야!' 라는 눈빛은 말로 하는 것보다 더 뚜렷하게 오희련에게 쏟아졌지만 그녀는 '뭐, 그럴 수도 있지'라는 표정으로 어깨를 으쓱했다.

따갑게 쏟아지는 정오의 햇살을 밟으며 그들은 다시 폐사당을 향해 천천히 다가갔다.

바짓단을 스치는 잡초의·바스락거림이 숨소리보다 크게 들렸다.

햇빛과 사당의 짧은 그림자가 만든 경계에 발을 디딘 고운석(高雲碩)은 손을 들어 걸음을 멈추게 했다. 중년의 깊게 파인 주름을 지나 덥수룩하게 기른 검은 수염을 타고 땀방울이 발치로 떨어졌다.

짙은 갈색 나무로 만들어진 사당 문은 굳게 닫혀 있었다. 저 문을 열 때 날 소리는 오희련이 나뭇가지를 밟았을 때의 소리에 비하면 열 배는 더 클 것이다.

고운석은 손가락·두 개를 들어 왼쪽과 오른쪽을 번갈아 가리켰다.

남궁벽(南宮霹)과 손우광(孫宇光)이 검을 빼는 소리가 옅게 울리고, 관제만(關帝萬)이 화살을 시위에 거는 소리는 숨소리보다 작았다.

은으로 만든 화살촉이 햇빛에 반사되어 오희련의 얼굴을 훑고 지나갔다.

땀으로 번들거리는 젊은 그들의 얼굴은 긴장으로 딱딱하

게 굳어 있었다.

오희련이 부적을 꺼내며 눈살을 찌푸리는 건 눈이 부셔서
만은 아니었다.

저 문을 열면 도둑 만난 여편네의 비명만큼이나 큰 소리가
울릴 테니 지금의 이 조심스러움이 한심하게까지 느껴졌다.

"해 지기 전에 안으로 들어가긴 할 건가요?"

속삭이기는 했지만 모든 이의 눈총을 받기에는 충분했다.
그녀를 돌아본 고운석의 입가에 옅은 웃음이 그려졌다.

"젊은이여. 삶은 아직 많이 남았으니 서두르지 말게나."

"시를 쓰시죠."

빠르게 걸음을 옮긴 오희련이 문에 손을 댔다.

"기다려!"

남궁벽이 억누른 소리를 질렀지만 오희련은 이미 손에 힘
을 주고 있었다.

끼이익!

쇠의 날카로운 비명이 어둠을 갈기갈기 찢어놓았다. 성난
얼굴의 남궁벽이 그녀의 얼굴 가까이 대고 빠르게 쏘아붙였
다.

"네 경솔함이 우리 모두를 죽일 수도 있어!"

"네 배짱이 축 처진 네 아랫도리만큼만 됐어도 문을 여는
손이 이렇게 하얗고 가늘지는 않겠지."

"그만. 다투는 건 지부에 돌아간 후에."

낮게 말을 뱉은 고운석은 어둠 속으로 발을 내디뎠다. 그의 손에는 양손에 각각 두 장씩 네 장의 부적이 들려 있었다.

끼릭! 끼릭!

걸음을 디딜 때마다 무게를 못 이긴 마룻바닥에서 거북한 소리가 울렸다.

오희련과 남궁벽이 쉰 평 남짓한 사당의 오른쪽으로 돌아 갔고 손우광과 관제만이 왼쪽으로 방향을 잡았다. 고운석은 신중한 걸음으로 중앙을 가로질렀다.

군데군데 칠이 벗겨진 사대천왕(四大天王)이 낯선 침입자 들을 향해 고함이라도 지를 것처럼 입을 한껏 벌리고 있었다.

창문은 모두 막혀 있어 그들이 들어온 문에서만 힘겹게 빛 을 토해냈다. 고운석은 품에서 화섭자를 꺼내 불을 붙였다.

파란색으로 일렁이는 빛이 사대천왕 앞에 놓인 제단에서 멈췄다. 제단 아래 지하실로 내려가는 계단이 있다는 건 오기 전에 파악해 두었다.

고운석은 눈길을 남궁벽에게로 돌렸다. 사대천왕의 뒤쪽 을 살핀 남궁벽이 주먹을 쥐어서 안전하다는 신호를 보냈다. 이어서 왼쪽으로 돌아간 손우광도 같은 신호로 아무것도 없 음을 표시했다.

일 장이나 늘어진 사대천왕의 그림자가 사신(死神)의 춤사

위처럼 흔들렸다.

다섯 명은 제단 주변에 둥글게 모였다. 이제 제단을 치우고 지하실로 내려가야 한다.

그들은 서로의 얼굴을 보았다. 아군이 있음에 용기를 얻으려고 했지만 상대방의 얼굴에서 자신이 느끼고 있는 두려움만 확인했을 뿐이다.

그토록 자신만만하던 오희련조차 촛농을 뒤집어쓴 것처럼 굳은 표정이었다.

고운석은 잔뜩 긴장한 그들에게 물었다.

"준비됐지?"

남궁벽만이 고개를 끄덕였을 뿐이다. 실전 경험이 많지 않은 그들에게 현장은 언제나 내장까지 딱딱해질 정도의 긴장을 느끼게 했다.

"가자."

고운석의 말이 떨어지자 남궁벽과 손우광이 제단의 끝을 잡고 밀었다. 나무로 만들어진 제단은 그리 크지 않은 소리를 내며 밀려났다.

푸른빛의 일렁거림 안으로 지하실로 내려가는 계단이 서서히 모습을 드러냈다.

꿀꺽!

누군가 굵은 침을 삼키는 소리가 들렸다. 어쩌면 한 명이

낸 소리가 아닐지도 모른다.

고운석이 먼저 계단을 밟았다. 왼손에 화섭자를 들었기 때문에 당장 쓸 수 있는 부적은 두 장뿐이다.

계단 위에 두텁게 쌓인 먼지 위에는 이미 여러 개의 발자국이 찍혀 있었다. 이제 곧 그들이 싸워야 할 존재의 것이다.

아래로 향한 계단은 곧게 뻗어 있지 않고 왼쪽으로 꺾였다. 붉은 벽돌로 만들어진 정면의 벽에는 이끼가 잔뜩 끼어 있었다.

꺾인 부분에서 멈춰 호흡을 가다듬은 고운석은 모퉁이 너머로 길게 고개를 뺐다.

하지만 화섭자의 불빛만으로는 지하실의 마지막 계단까지밖에 볼 수 없었다. 그 너머 완전한 어둠 속에서 기다리는 게 무엇인지 알기 위해서는 걸음을 옮겨야 한다.

두려움을 억누르기 위해 심호흡을 하는데 오희련이 고운석을 지나쳤다.

그녀는 하기 싫은 일을 재빨리 해치우려는 일꾼처럼 빠르게 계단을 내려갔다.

'저런 무모한!'

고운석의 걸음도 덩달아 빨라졌다. 그의 움직임은 마지막 계단에 왼발을, 지하실 바닥에 오른발을 놓은 채로 멈췄다.

"제가 왜 빨리 내려왔는지 알겠죠?"

화섭자의 불빛이 비치는 곳에 두 구의 시체가 놓여 있었다. 시체를 본 후에야 피 냄새가 훅 밀려왔다.

오희련은 고운석보다 먼저 피 냄새를 맡은 것이다. 한 구의 시체는 바닥에 널브러져 있었고 다른 한 구는 벽에 기대앉은 모습이었다.

오희련은 그중 기대앉은 시체 앞에 쭈그려 앉아 왼쪽 가슴에 박힌 나무 말뚝을 어루만졌다.

"누군지 모르지만 자신이 죽여야 할 게 무엇인지는 확실히 알고 있었네요."

그녀는 시체의 머리칼을 잡고 아래로 꺾인 고개를 들었다. 피부는 해골에 착 달라붙어 있었고 푸른 정맥은 검게 물들었다.

십 년은 지난 목내이(木乃伊 : 미이라)와 다른 점은 아직 남아 있는 눈뿐이었다. 오직 흰자위만 남은 눈.

오희련이 시체의 입술을 뒤집었다. 검지만큼이나 긴 송곳니가 불빛을 받아 반짝였다.

흡혈귀(吸血鬼).

"보아하니 흡혈귀가 된 지 얼마 되지 않은 것 같군요."

"그걸 어떻게 알아?"

손우광의 물음에 오희련은 한심하다는 눈빛을 노골적으로 보냈다.

"책에 나오잖아."

"책이라면… 내가 모르는 게 당연하군."

오희련이 뭐라고 쏘아붙이려고 할 때 지하실 깊숙한 곳에서 남궁벽의 목소리가 들렸다.

"책에 나온 대로라면 이 흡혈귀는 성체(成體)로군."

어둠 속에서 뭔가가 날아왔다. 바닥에 떨어져 오희련의 앞까지 구른 그것은 몸통에서 떨어져 나온 머리였다.

입술 밖으로 뾰족하게 삐져나온 송곳니 중간에 세로로 머리카락 두께만큼 얇은 홈이 보였다.

더 자세히 살피기 위해 입술을 밀어 올리자 머리 위에서 고운석의 음성이 떨어졌다.

"확실히 백 년 이상 된 성체다."

흡혈귀라고 모두 같은 흡혈귀가 아니다. 초자연적인 흡혈귀라 할지라도 자연의 법칙을 모두 거스르지는 못한다.

그래서 이제 갓 만들어진 흡혈귀는 인간의 갓난아이와 같다. 흡혈귀로서는 가장 약한 단계이고 세월이 지날수록 강해진다.

시간과 비례해 강해지면서 그렇게 백 년이 지나면 비로소 성체가 되어 다른 흡혈귀를 만들어낼 수 있다.

"십 년 동안 성체가 된 흡혈귀는 목격되지 않아서 모두 죽은 줄 알았는데."

오희련은 송곳니의 홈을 손가락으로 쓰다듬으며 말했다.

"흡혈귀는 백 년마다 송곳니에 이렇게 줄이 하나씩 생긴다는데… 마치 나무의 나이테 같군요."

그녀는 성체의 머리를 응시하며 일어섰다.

"누가 이들을 죽였을까요?"

"누군지는 모르지만 덕분에 우린 목숨을 구했다."

남궁벽이 검을 집어넣으며 대꾸했다.

"우리 사냥감을 빼앗은 것뿐이죠."

고운석이 피식 웃었다.

"성체가 된 흡혈귀가 얼마나 강한지 모르는 젊은이의 자만이지."

"지부장님! 여기 보십시오!"

지하실의 구석을 살피던 관제만의 부름에 고운석이 급한 걸음을 옮겼다.

고운석이 다가가자 관제만이 바닥을 가리켰다. 채 마르지 않은, 흥건하게 고인 피는 지하실 벽에 닿아 있었다.

"이상하군."

확실히 그랬다. 이 정도 피면 바닥뿐 아니라 벽에도 상당한 양의 피가 묻어 있어야 하는데, 벽에는 피가 튄 흔적도 보이지 않았다.

화섭자를 가까이 옮겨 살피던 고운석은 벽에 손을 대고 밀었다. 팔뚝에 핏줄이 생기도록 힘을 주자 벽이 서서히 밀려났다.

"비밀 통로군요."

고운석은 벽 너머 비밀 통로 벽에 꽂혀 있는 홰를 꺼내 불을 붙였다.

통로 바닥에는 적지 않은 피가 뿌려져 있었다. 만약 한 사람이 이 정도의 피를 흘렸다면 횃불과 어둠의 공간 경계 즈음에 죽어 있다고 해도 이상하지 않을 것이다.

피를 묻힌 발자국과 벽에 난 핏빛 손바닥 자국은 통로를 이동한 사람이 한 명뿐이라는 걸 보여주고 있었다.

"흡혈귀를 없앤 자가 부상을 당한 모양이군요."

오희련의 말을 고운석이 받았다.

"또 다른 흡혈귀의 흔적일 수도 있잖아?"

"피가 채 마르지 않은 것을 보면 반 시진도 되지 않아. 이 통로는 분명 밖으로 나가는 것일 테고. 흡혈귀가 햇빛을 향해 나간다고? 기름통 짊어지고 불로 뛰어드는 격이지."

바닥에 떨어진 피의 양이 점점 줄기는 했지만 여전히 한 사람이 흘렸다고 보기에는 지나치게 많았다.

곧 시체가 발견될 것이라는 예상과는 다르게 통로가 끝나는 지점, 눈부신 햇빛이 그들을 맞을 때까지 누구의 주검도 보이지 않았다.

통로의 끝은 숲이었다. 바위와 바위 사이에 칡넝쿨이 빼곡하게 드리워 출입구를 훌륭하게 가려주었다.

핏자국을 따라 숲을 오십 장쯤 헤치던 그들은 걸음을 멈췄다. 피가 더 이상 보이지 않았다. 시체도 없었다.

아름드리나무에 찍힌 마지막 핏빛 손바닥 자국을 보며 오희련이 중얼거렸다.

"이렇게 많은 피를 흘렸는데… 정말 살아서 돌아간 것일까?"

*   *   *

도무진(道武眞)은 눈을 떴다.

보름 만에 잠을 잤다. 여전히 꿈은 꾸지 않았다. 다행이다. 틀림없이 악몽이었을 테니까.

몸을 일으키던 도무진은 훅 밀려온 고통에 낮은 신음을 토해냈다.

상처가 아직 낫지 않았다. 문틈으로 들어오는 햇빛의 색깔은 태양이 붉게 불타고 있음을 보여주고 있었다.

그는 고개를 내려뜨려 상처를 입은 배와 가슴을 보았다. 왼쪽 어깨 어름에서 시작해 오른쪽 가슴 아래까지 길에 이어진 세 개의 선은 선분홍의 속살을 그대로 드러내 놓고 있었다.

아랫배를 관통한 네 개의 구멍 사이로 보이는 내장은 뱃속에서 뱀이 꿈틀거리는 것 같았다.

등에 난 상처도 이와 비슷할 것이다.

상처를 입은 지 세 시진 넘게 지났음에도 아직 낫지 않았다는 건 회복력에 심각한 문제가 있다는 뜻이다.

목이 말랐다. 하지만 갈증과는 달랐다. 버석하게 마른 식도가 갈라져 부서져 버릴 것 같고 텅 빈 내장은 누군가 쥐어짜는 것처럼 고통스럽다.

도무진은 침상을 빠져나왔다. 움직일 때마다 고통이 밀려왔지만 지금은 갈증을 푸는 것이 먼저다.

오래전 버려진 사냥꾼의 오두막을 나오자 햇살은 육각형의 창날이 되어 동공을 후벼 팠다.

다시 오두막으로 들어간 도무진은 침상 아래 떨어진 가방에서 색안경을 꺼냈다.

얇게 자른 암연석(黯然石)을 둥글게 다듬은 후 가운데를 쇠로 연결한 형태의 색안경이다.

손가락을 움직이는 것처럼 피부 하나하나까지 조종이 가능한 도무진은 그래서 굳이 색안경을 귀에 걸 필요가 없었다.

색안경을 쓴 도무진은 다시 밖으로 나왔다. 눈이 한결 편안했다. 무릎까지 잡초가 자란 마당을 지나 숲으로 들어갔다.

숨을 크게 들이쉬자 초록 대지 특유의 상쾌한 느낌과 함께 생명의 기운이 함께 빨려들었다.

노루의 노린내는 삼십 장쯤 떨어져 있었다. 바람의 방향을 가늠한 도무진은 땅을 박찼다.

한 번도 사냥하는 법을 배운 적은 없지만 어느새 그는 뼛속까지 능숙한 사냥꾼이 되었다.

과도한 출혈을 동반한 부상 탓에 평소 능력의 십분의 일도 발휘할 수 없었지만 노루 한 마리 사냥하기에는 충분했다.

땅을 박차 나무 위로 뛰어올라 몸을 날린 도무진은 금세 노루를 발견할 수 있었다.

나뭇가지 위에 앉은 도무진은 한가로이 풀을 뜯는 노루를 응시했다.

고운 털에 감춰진 녀석의 동맥이 선명하게 느껴졌다.

팔을 쫙 벌린 도무진은 노루를 향해 떨어졌다.

팔로는 노루의 목을 틀어쥐고 다리로는 녀석의 몸통을 감쌌다. 쓰러지는 노루의 경동맥을 찾아 송곳니를 꽂아 넣는 건 젓가락질보다 쉬웠다. 본능은 언제나 쉽다.

격렬한 반항은 삼 묘(秒 : 초)도 가지 못했다.

피 특유의 비릿한 내음이 목을 타고 흘러들었다. 몸이 따뜻해지는 느낌이다.

하지만 그것은 그저 느낌일 뿐 그의 몸은 절대 시체보다 따뜻해질 수 없었다.

노루의 피 한 방울까지 마셔버린 도무진은 걸음을 계곡으로 옮겼다.

노루의 피는 갈증을 모두 없애주지 못했다. 사흘을 굶은 자에게 땅콩 한 톨은 절실할지언정 만족스럽지는 않다.

갈증을 없앨 수 있는 방법이 무엇인지 안다. 하지만 도무진은 이 갈증을 계속 느껴야 한다.

그가 여타의 흡혈귀와 다른 점이 비단 햇빛 아래서 안전하다는 그 하나여서는 안 된다.

비록 햇빛 아래서 촛농처럼 녹아 없어질 육체로 변한다 하더라도 마지막까지 단 하나만은 지켜야 한다.

인간성.

위태로운 그 불빛이 꺼지는 순간 그의 삶을 관통하는 소중한 것들이 쓸모없는 먼지로 사라져 버릴 것이기 때문이다.

*　　　*　　　*

깨갱!

왕고국(王高國)의 발길질에 차인 개가 비명을 지르며 후다닥 마루 아래로 숨어들었다.

"개새끼야! 이리 안 나와!"

왕고국은 막대기를 집어 마루 아래를 마구 헤집었다. 하지만 깊숙한 곳에 숨어버린 개에게 닿기에는 막대기가 너무 짧았다.

"저 개새끼를!"

개가 특별히 잘못한 것은 없었다. 그저 노름판에서 잃은 돈에 대한 화풀이를 할 상대가 필요할 뿐이다.

컹! 컹! 컹!

고작 여덟 가구가 사는 화전민 마을의 다섯 마리 개들이 일제히 짖기 시작했다.

"빌어먹을 개새끼들이 단체로 지랄을 하네!"

술까지 한잔한 탓에 치솟은 화는 좀체 진정되지 않았다. 마루 밑으로 숨은 개를 어떻게든 잡아서 패야 화가 풀릴 것 같았다.

하지만 막대기를 휘젓고 고함을 질러대니 평소 많이 맞았던 개는 깊숙한 곳에 숨어 나올 생각을 하지 않았다.

"개새끼! 넌 오늘 뒈졌어!"

왕고국은 기어코 마루 아래로 기어들어 갔다. 좌우 폭은 그리 넓지 않아서 개가 도망가더라도 충분히 잡을 수 있었다.

축축한 흙에 불쾌한 느낌의 거미줄이 얼굴에 달라붙었지만 오로지 개를 잡아서 패야 한다는 일념으로 바닥을 기었다.

어둠 저쪽에서 개의 헐떡거리는 숨소리가 들렸다.

"주인 말을… 안 듣는 개새끼가… 어떤 꼴을 당하는지 오늘… 똑똑히 보여주지."

왕고국도 개 같은 헐떡거림을 내뿜으며 개를 향해 기어갔다. 배를 깔고 엎드린 개가 희미하게 보였다.

두세 번만 발을 옮기면 놈의 목덜미를 잡을 수 있었다. 폭력에 맛들인 왕고국은 팔꿈치가 쓸리는 아픔 따위는 아랑곳하지 않고 개를 향해 다가갔다.

그르릉…….

개의 낮은 목울림이 제법 위협적으로 들렸다.

"이 개새끼가 감히 주인한테……!"

갑자기 주먹만 한 떡을 삼킨 것처럼 말을 뱉을 수 없었다. 놀라움 때문이다.

그르르릉… 위협적인 소리를 내는 개의 눈에서 붉은빛이 감돌았다.

'광견병인가?'

광견병에 대해 쥐뿔도 모르니 알 수 없었다. 가랑이 사이에 꼬리를 말고 도망치기 바빴던 개는 이제 왕고국을 향해 천천히 다가왔다.

치솟았던 분노는 단숨에 사라지고 그 자리에 스멀스멀 두려움이 피어올랐다.

언제든 벌레처럼 밟을 수 있는 존재에게서 느낀 두려움은 그래서 더욱 크게 다가왔다.

"얘… 얘야. 진정해."

왕고국은 부들부들 떨리는 사지를 움직여 뒤로 물러섰다. 광견병에 걸린 개에게 물리면 약도 없다는 것쯤은 알고 있었다.

하지만 개는 광견병 따위에 걸린 게 아니었다. 붉게 물들었던 눈은 노란색으로 변했고 꼬질꼬질한 황색 털에서 타닥타닥 불꽃이 일기 시작했다.

너무 놀라서 얼어붙은 사이 개는 하나의 커다란 불꽃으로 타올랐다.

갑작스럽게 왕고국을 덮친 열기는 끓는 기름을 뒤집어쓴 것처럼 고통스러웠다.

"아아악!"

*　　　*　　　*

각각 백 평의 면적을 가진 세 개의 건물은 품(品) 자 형으로 서 있었고 너른 마당에는 우물 두 개와 여섯 개의 석등이 조화롭게 자리했다.

일 장 높이의 담을 따라 심어진 나무 스무 그루와 마당을 쓰는 노인의 느린 비질이 한가로운 풍경을 그려내는 아침이었다.

하지만 중앙 건물인 집성전(輯星殿)으로 들어가는 대청에서는 한가로움과는 거리가 먼 기운이 감돌고 있었다.

"내가 널 부르지 않아서 화가 난 거야?"

오희련의 속삭이는 듯한 말에 남궁벽이 버럭 소리를 질렀다.

"그런 뜻이 아니잖아! 넌 만민수호문(萬民守護門)의 일원이야!"

"그래서 괴물들 사냥하러 다니잖아?"

"단순히 그런 거라면 저 천박한 괴물사냥꾼과 뭐가 달라! 만민수호문의 문도라면 응당 모든 면에서 타의 모범이 되어야지!"

그쯤 되자 오희련의 입가에 웃음이 거둬졌고 눈꼬리는 위로 올라갔다.

"내가 잘못한 게 뭔데?"

"너의 그 문란한 몸가짐이 우리 만민수호문의 명예를 실추시키고 있잖아!"

"지랄하고 자빠졌네! 내가 내 아랫도리로 어떤 놈 물건을 따먹든 네가 무슨 상관이야!"

"어떻게 그런 상스러운……."

"자기 몸의 부분조차 제대로 입에 담지 못하는 놈이 누구한테 훈계질이야!"

"너의 그 저속함과 상스러움이 우리 모두의 얼굴에 먹칠을 하고 있잖아!"

두 사람의 언쟁을 보고만 있던 손우광이 오희련을 거들었다.

"이제 그만하자. 솔직히 희련이의 사생활을 우리가 상관하는 것도 우습잖아."

그러자 이번에는 관제만이 나섰다.

"만민수호문의 문도가 난잡한 생활을 한다면 누가 우릴 진정으로 존경하겠냐?"

"누구한테 존경받자고 하는 일이 아니잖아."

남궁벽이 말했다.

"바른 몸가짐은 우리가 가진 권력에 대한 당연한 의무다."

"네 쬐끄만 동생을 밖으로 드러내지 않기 위한 핑계겠지."

"내… 내 걸 네가 봤어?"

"전문가는 척 보면 알거든."

오희련은 손우광의 어깨를 톡톡 두드리며 말을 이었다.

"내가 네 방으로 가지 않은 이유가 뭐겠냐?"

남궁벽과 관제만의 시선이 손우광에게로 모아졌다.

"너 설마 희련이하고……?"

"그게 뭐? 우리 다 큰 어른이잖아?"

"동료끼리 어떻게 그럴 수가 있어!"

"동료끼리 자면 안 된다는 법이라도 있냐!"

"전장에서 사적인 감정이 우리 목숨을 위협할 수도 있다는 걸 모른단 말이야!"

"공과 사는 구분할 줄 알거든!"

대청은 네 사람이 지르는 고함으로 가득 찼다. 그런데…….

툭! 또르르르…….

달걀만 한 크기의 하얀 구슬이 굴러와 네 사람의 중앙에서 멈췄다.

낯선 물체의 출현에 자연 고성이 잦아들었다.

"이게 뭐……."

펑!

둔탁한 폭발음과 함께 하얀 가루가 사방으로 튀어 올랐다.

"콜록! 콜록!"

하얀 가루를 뒤집어쓴 그들은 정신없이 기침을 토해냈다.

"젠장! 이게 뭐야?"

얼굴에 묻은 가루를 털어내는데 가는 목소리가 들렸다.

"잠깐 지나갈게요."

그들은 목소리가 들린 쪽으로 시선을 모았다. 자그마한 키에 가냘픈 몸매를 가진 여인이 뚜벅뚜벅 걸어와 그들 사이를 지나쳤다.

밀가루 폭탄을 맞은 것 같은 네 사람은 어리둥절한 얼굴로 지나가는 여인을 보고만 있었다.

뒤늦게 관제만이 여인을 불렀다.

"여보시오!"

하지만 여인은 듣는 척도 하지 않고 제 갈 길만 갔다. 그러자 오희련이 목소리를 높였다.

"어이! 거기 여자!"

비로소 여인이 걸음을 멈추고 뒤를 돌아봤다.

"저 말인가요?"

눈을 동그랗게 뜬 귀여운 얼굴에 미안한 표정이라고는 찾아볼 수 없었다.

"네가 이 이상한 걸 터뜨린 거 맞지?"

"성능 괜찮죠? 그냥 재미로 만들어 봤어요."

말을 끝내고 웃음까지 지었다. 오희련이 발끈할 이유가 차고 넘쳤다.

"이런 걸 터뜨리려면 말을 해야지!"

"세 번이나 했는데요."

사근사근하고 조용한 여인의 음성으로 보아, 그들이 고함을 지르는 와중에는 백번을 말해도 듣지 못했을 것이다.

"목소리 좀 크게 해! 그리고 대체 이건 뭐야?"

"해롭지는 않아요. 그래도 사람에 따라 가려움증을 일으키기도 하니까 만약을 대비해서 씻는 게 좋겠어요."

말끝으로 싱긋 웃음을 보인 여인이 돌아서려다가 고개를 살짝 숙였다.

"하남성(河南省) 본부에서 온 개발사(開發士) 손수민(孫秀敏)이라고 해요. 잘 부탁합니다."

왠지 더 이상 화를 낼 수가 없었다.

*　　　*　　　*

신청을 한 지 반 시진 만에야 겨우 만리통(萬里通)이 연결되었다.

가로세로 아홉 자의 검은색 정육면체 상자 중앙에 지름 여섯 치의 원통이 한 자 남짓 튀어나온 모양을 한 만리통은, 이름 그대로 아무리 먼 거리에서도 서로의 목소리를 전달할 수 있었다.

─연락이 늦었군. 그곳이 새로 만들어진 지부이다 보니 균형을 맞추는 데 시간이 좀 필요할 것이네.

하남성 본부의 본부장(本部長) 유병달(劉炳達)의 목소리였다. 어젯밤 과음을 했는지 걸걸한 목소리가 잔뜩 가라앉아 있었다.

만리통의 작동이 불안해서 고운석은 서둘러 대꾸를 했다.

"만리통이 조금 느린 것 외에는 자리를 잘 잡아가고 있습니다. 그보다 사흘 전에 보고드렸던 흡혈귀 사건에 대해 알려 주실 사항은 없는지요?"

─십수 년 전부터 우리 만민수호문이나 괴물사냥꾼이 아닌 누군가 세해귀를 죽이고 다니는 것 같다는 정보가 간간이 들어오고 있는데, 자네가 보고한 사건도 그 인물의 짓이 아닌가 싶군.

"처음이 아니란 말씀이군요?"

─그렇다고 볼 수 있지. 어쨌든 우리에게 해 될 건 없으니 크게 신경 쓰지 않아도 될 것 같네. 그보다 신입 문도들은 잘하고 있나?

고운석은 가는 한숨을 쉬었다.

"본부장님은 절 미워하시는 게 분명하다는 결론을 내렸습니다."

─허허허! 자네에게도 애송이 시절이 있었다는 사실을 잊지 말게. 잠깐만!

잠시 만리통에서 아무 소리도 들리지 않았다.

"본부장님. 본부장님!"

불러도 대답이 없었다. 불안정한 만리통이 결국 끊긴 모양이다. 자리를 막 떠나려 할 때 다시 유병달의 목소리가 들렸다.

─자네에게는 그리 달갑지 않은 소식이군.

"설마 이 근처에 흡혈귀가 또 나타났습니까?"

─흡혈귀보다 안 좋아. 이거 참… 이걸 자네 지부에 맡겨야 할지 선뜻 판단이 서지 않는군.

"어떤 대단한 놈인데 그리 뜸을 들이십니까?"

─염화견(炎火犬)이야.

고운석은 순간 짧은 숨을 들이켰다.

"여… 염화견이라고요?"

─십 년 전 모습을 보인 후 자취를 감췄었는데 다시 나타났군.

지옥의 불길을 뿜는다는 염화견은 말로만 들었지 한 번도 본 적이 없었다.

"몇 등급입니까?"

─이번 놈은… 젠장! 칠 등급이야. 이미 화전민 마을 하나는 잿더미가 되었다는군. 아무래도 자네들에게는 무리겠어. 본부에서 파견을 하겠네.

"개봉(開封)에서 여기까지 오려면 아무리 빨라도 이틀은 걸리지 않습니까? 그 안에 염화견이 성시를 덮치기라도 한다면 사상자가 수백, 수천에 이를 수도 있습니다."

─하지만 칠 등급이나 되는 염화견을 자네들이 감당하기에는 무리야.

"세상을 지키기로 맹세한 만민수호문의 문도가 어찌 위험을 피해 숨겠습니까? 최소한 염화견이 성시로 가는 것만이라도 막아보겠습니다."

―어쩔 수 없군. 나도 본부에서 사람을 보낼 테니 자네들은 염화견에 의한 피해가 커지지 않도록 조치를 취하게. 귀기탐응(鬼氣探鷹)이 안내할 것이네.

"알겠습니다."

―지부장.

"네."

―목숨을 아끼게.

방을 나온 고운석은 보좌관 고태광(高太光)에게 말했다.

"전사(戰士)들을 내 집무실로 소집해."

집무실에 들어선 고운석은 금고 문을 열고 검은색 나무 상자를 꺼냈다.

상자에는 백 장씩 묶인 부적 열 다발이 들어 있었다. 그것들을 모두 책상 위에 쏟은 고운석은 끈을 풀어 부적을 정리하기 시작했다.

열 장째의 부적이 책상 한쪽에 쌓일 때 다섯 명이 들어왔다.

"사냥인가요?"

남궁벽의 물음에 고운석은 부적 고르는 것을 멈추지 않고 대꾸했다.

"뜨거운 맛 볼 준비해라. 이번 녀석은……."

고개를 힐끗 들어 말을 하던 고운석은 낯선 얼굴을 발견했다. 자그마한 체구에 귀여운 얼굴을 가진 그녀는 스무 살도 채 되지 않은 것 같았다.

"넌 누구냐?"

"오늘 본부에서 파견 나온 개발사 손수민이라고 합니다. 잘 부탁드립니다!"

고운석은 절로 한숨이 나왔다. 개발사가 필요하다고 했더니 호적에 먹물도 안 마른 어린애를 보내다니.

그는 잠시 멈췄던 손을 다시 놀리며 말했다.

"염화견이란 이름을 들어봤을 것이다. 이번에 나타난 놈은 칠 등급으로……."

털썩!

뭔가 쓰러지는 소리에 고운석은 고개를 들었다. 손수민이 정신을 잃고 바닥에 널브러져 있었다.

"쟤 왜 저래?"

모두들 어리둥절한 얼굴로 고개를 저었다.

"태광아! 의원 불러라!"

갑자기 기절한 것이 작은 일은 아니었지만 지금은 손수민의 안위보다 더 크게 걱정해야 할 일이 있었다.

"어디까지 했지?"

"칠 등급까지… 그런데 정말 칠 등급짜리입니까?"

"우리가 시체 구경만 했던 성체 흡혈귀보다 두 단계나 높다. 솔직히 우리 능력으로는 벅찬 상대지."

자신감이 하늘을 찌르는 녀석들인데 이번만은 굳은 얼굴로 침묵을 지켰다.

"본부에서도 사람을 파견할 것이다. 그들이 올 때까지 염화견이 난동을 부리지 못하도록 막는 게 우리 목표다."

"그러려면 싸워야 하는데 결국 사냥과 다를 게 없잖습니까?"

고운석은 남궁벽을 지그시 보며 말했다.

"도망칠 길을 봐두라는 것이다."

"도망치는 건 제 본성이 아닌데요. 저도 준비를 해야 하니이만."

고운석이 집무실을 나서는 오희련의 등에 대고 소리쳤다.

"일각 후에 출발이다!"

남궁벽과 손우광은 검만 있으면 되고 관제만도 화살통만 채우면 끝이다.

뜰에는 그들이 타고 갈 하얀 털의 신마(神馬)가 준비되어 있었다. 주인의 피를 머금고 알에서 태어난 신마는 나는 새보다 빨리 달릴 수 있었다.

백스물두 장의 부적을 챙긴 고운석이 신마의 등에 올라탈 때 뒤쪽에서 뾰족한 외침이 들렸다.

"잠깐만요!"

갑자기 정신을 잃었던 손수민이 헐레벌떡 뛰어왔다. 고작 대청을 지나 십 장 남짓 달렸을 뿐인데 그녀는 숨을 헐떡였다.

"이거 가져가세요."

손수민이 내민 것은 두 뼘 정도 되는 막대기였다.

"이건 무엇이냐?"

"붉게 칠해진 부분을 염화견 쪽으로 해서 손잡이 끝을 치면 보호막이 펼쳐질 거예요. 염화견의 열기를 어느 정도는 막아줄 겁니다. 시제품이니 너무 믿지는 마시고요."

철썩같이 믿으라고 해도 그리 믿음이 갈 것 같지 않았다. 고운석이 막대기를 허리춤에 찔러 넣을 때 오희련이 나왔다.

"다들 준비 됐느냐?"

고운석의 물음에 모두 고개만 끄덕였다.

"절대 영웅이 되려고 하지 마라."

무겁게 말을 뱉은 고운석이 신마의 옆구리를 찼다. 긴 울부짖음을 토해낸 신마가 동문을 향해 달려갔다.

다섯 마리의 신마는 한 번에 십 장을 뛰어 단숨에 문을 빠져나갔다.

문을 통과하면 일그러진 공간이 나온다. 그들이 있는 지부는 진법(陳法)에 의해 보호되고 있었다.

성시의 외곽에 자리 잡고 있지만 동문을 통과하면 공간을 일그러뜨려 바로 인가가 없는 벌판으로 나오게 된다.

끼아아악!

모든 사물이 흐릿하게 보이는 공간에서 빠져나오자 하늘을 날고 있던 귀기탐응이 긴 울음으로 자신의 존재를 알렸다.

신마의 힘찬 발굽이 귀기탐응을 쫓기 시작했다.

　　　　　*　　　　*　　　　*

지붕 끝에 걸터앉은 도무진은 붉은 울음을 토해내는 태양을 응시하고 있었다.

꼼짝도 하지 않고 앉아 있는 두 시진 동안, 어떤 사람은 일을 했을 것이고, 어떤 이는 과거를 보기 위해 공부를 하고 있었을 것이다.

하지만 도무진은 그저 앉아만 있었다. 그에게 시간은 의미가 없었다.

삶은 죽음이 있기에 비로소 온전하게 완성되는 것이다.

죽음이 없는 삶은 오히려 매일이 죽음과 다르지 않았다.

세월이 비껴가는 건 비단 생명만은 아니었다. 그는 이십 년 전 스무 살 그대로의 모습이었고, 그 이십 년의 기억을 고스란히 품고 있었다.

십구 년 전 잠깐 지나쳤던 거리의 식당 이름조차 기억해 낼 수 있었다.

그렇기에 퍼석하게 말라 버린 부모님의 시신과 두려움의 비명을 지르며 버둥거리던 열 살 여동생의 모습을 어제 일처럼 기억했고, 목을 파고드는 송곳니의 섬뜩한 차가움을 지금도 느낄 수 있었다.

흡혈귀로 변해 버린 육체는, 온전히 가치 있어야 할 삶은 물론 시간의 선물인 망각까지 앗아가 버렸다.

머리를 치렁하게 기른 검은 눈의 흡혈귀가 왜 도무진만 흡혈귀로 만들었는지는 알 수 없다.

처음 삼 년 동안은 분노했고 오 년 동안은 의아했다. 그리고 지금은 그저 그 흡혈귀를 죽이고 싶을 뿐이다.

복수라는 얇은 끈을 잡고 있기에 도무진은 오늘도 삶이 아닌 삶을 살아갈 수 있는 것이다.

끼아악!

귀기탐응이 석양을 가로질러 날아와 그의 어깨에 내려앉았다. 도무진에게 세해귀 사냥법을 알려줬던 괴물사냥꾼이 남겨준 유산이다.

톡톡톡!

귀기탐응이 도무진의 어깨를 부리로 세 번 두드린 후 날아올랐다. 세해귀의 흔적을 발견했으니 쫓아오라는 의미다.

죽여야 할 세해귀의 종류가 무엇인지도 모른다. 사냥을 시작한 후 몇 년 동안은 그 흡혈귀가 걸려들기를 간절히 바랐지만 어느덧 기대는 세월의 바다에 쓸린 모래성처럼 허물어져 갔다.

사냥을 나갈 때마다 매번 기대에 부푼다면 희망만큼이나 큰 절망에 빠져 허우적거리다 미쳐 버릴 것이다.

미친 흡혈귀는 미친 황제만큼이나 끔찍한 존재다.

도무진은 봇짐을 짊어지고 귀기탐응을 쫓아 달렸다. 봇짐 안에는 흡혈귀를 사냥할 때 쓸 도구들이 들어 있었다.

흡혈귀가 아닌 다른 종류의 세해귀라면 순전히 그의 능력으로 잡아야 한다.

사냥해야 할 세해귀가 얼마나 강하든 그는 아직까지 살아남았다.

＊　　＊　　＊

세해귀는 음(陰)에 속하는 귀물(鬼物)이기에 사냥은 낮에 하는 게 유리했다.

하지만 지금 시간은 그들의 편이 아니었다.

스멀스멀 밀려든 어둠은 어느새 세상을 먹물의 바다에 풍덩 빠뜨려 놓았다.

횃불로 어둠을 밀어내며 허위허위 산을 오른 그들은 짧은 잡초가 군데군데 자리한 바위 지대에서 걸음을 멈췄다.

귀기탐웅이 머리 위에서 빙글빙글 돌고 있는 것으로 보아 이 근처에 염화견이 있는 모양이다.

아래로는 그들이 통과한 검은 숲이 자리했고 위쪽으로는 완만한 경사를 이룬 바위산이 놓여 있었다.

"개가 들어갈 만한 구멍을 찾아라."

명령을 내린 고운석은 밤이슬에 젖기 시작한 바위등성이를 살펴 나갔다.

반 각쯤 지나자 뒤쪽에서 남궁벽의 목소리가 들렸다.

"지부장님. 여깁니다."

남궁벽이 횃불로 가리킨 곳은 일 장 높이의 긴 바위가 서 있는 아래쪽이었다.

바위와 지면이 만나는 곳에 인위적으로 만든 것 같은 둥근 구멍이 뚫려 있었다.

검게 그을린 구멍 주변은 염화견이 지나갔다는 증거였다. 들어갈 구멍이 좁아서 바위를 녹인 모양이다.

"바위까지 녹이는 열기라니… 화끈한 놈이로군."

중얼거린 오희련은 말릴 사이도 없이 구멍 안으로 기어 들어갔다.

상체를 집어넣고 횃불을 앞으로 던지자 삼 장 안쪽까지 불빛이 일렁였다.

입구는 좁았지만 안쪽은 점점 넓어져 빛이 닿는 경계 즈음에서는 다리를 펼 수 있을 것 같았다.

"이끼도 없고 꽤나 쾌적한 장소로군."

동굴로 기어 들어간 오희련은 횃불을 들고 쭈그려 앉았다. 나머지 네 사람이 속속 그녀의 주변으로 모여들었다.

"계속 이 정도 공간이라면 싸우기 쉽지 않겠는데요?"

남궁벽의 말에 고운석이 고개를 끄덕였다.

"지형에 변화가 없다면 싸우는 건 단념해야지."

"입구를 무너뜨려 염화견을 가두는 게 어떨까요?"

손우광의 제안은 곧 오희련의 반론에 부딪쳤다.

"첫째, 바위를 녹일 수 있는 녀석이니 입구를 무너뜨린다고 해도 충분히 빠져나올 수 있을 테고 둘째, 출입구가 이곳 하나뿐이라는 보장도 없잖아. 저기 일 장 앞에 왼쪽으로 나 있는 구멍 보이지? 벌써 길이 두 갈래로 갈라졌으니 우리가 들어온 곳이 유일한 출입구라고 보기는 어렵지 않겠어?"

"일단 들어가 보자. 동굴이 계속 이렇게 협소하면 후퇴해서 다른 방도를 찾아야지. 이런 곳에서 염화견과 싸우는 건 섶을 지고 불로 뛰어드는 것이나 마찬가지니까."

"제가 앞장서죠."

오른손에는 검을, 왼손에는 횃불을 든 남궁벽이 오리걸음을 옮겼다.

"흠, 그렇게 걸으니 엉덩이가 제법 탱탱하게 보이네."

"이런 상황에서 그런 농담이나 하다니. 하여간 너란 애는……."

"무덤으로 기어 들어가는 것처럼 죽을상을 하고 있는 것보다야 낫지."

"쓸데없는 소리들 하지 마라."

고운석의 낮은 호통은 금세 침묵을 만들었다. 발바닥이 땅을 스치는 소리와 횃불이 대기를 가르며 토해내는 소리만이 주변을 맴돌았다.

중간중간 갈라지는 곳이 나와서 잠깐씩 걸음을 멈춰야 했다. 동굴을 이십 장쯤 이동하자 서서 걸을 수 있을 만큼 넓어졌다.

꽤나 거친 바닥과 벽은 습기가 없어 미끄럽지는 않았다.

간혹 한 길이 훌쩍 넘는 곳을 내려가거나 올라가야 할 때도 있었지만 나아가는 데 큰 어려움은 없었다.

그렇게 동굴에 들어온 지 이각쯤 흘렀을 때 그들은 공통적으로 '제대로 가고 있는 것일까?' 하는 생각을 했다.

그동안 지나친 갈림길만도 열 개가 넘었다. 가기 쉬운 길을 따라 갔을 뿐 그들이 가는 곳에 염화견이 있다는 보장이 없었다.

"지부장님. 언제까지 가야 합니까?"

손우광의 물음에 고운석은 걸음을 멈췄다. 이렇게 무작정 염화견을 찾는 건 장님이 백사장에 떨어진 바늘을 찾아 더듬거리는 꼴밖에 되지 않는다.

"이각만 더 들어가 본 후에 찾지 못하면 일단 밖으로 나가자."

"그런 후에는요?"

"입구를 지켜야지. 혹시 다른 곳으로 나온다면 귀기탐웅이 발견할 것이다."

지금으로써는 최선의 방법이었다. 하지만 그들에게 이각의 시간까지는 필요하지 않았다.

거친 동굴을 채 반 각도 가기 전에 염화견의 흔적을 느낄 수 있었다.

사람의 머리칼을 태울 때 나는 지독한 냄새가 후각을 자극했다.

굵은 침을 삼킨 고운석은 조심스럽게 동굴의 모퉁이를 돌았다. 횃불이 만든 동굴의 그림자가 살아 있는 것처럼 춤을

쳤다.

일렁이는 불빛의 끝자락에 무언가가 걸렸다. 멈칫 걸음을 멈춘 고운석은 조심스럽게 발을 내디디며 횃불을 든 팔을 뻗었다.

그러자 그 무언가가 확실한 실체로 시야에 들어왔다.

납작 엎드린 채 양발 위에 턱을 괴고 있는 건 누런 털빛을 가진 개였다.

어디서나 흔히 볼 수 있는 똥개였지만 이 동굴 안이라면 저 개가 바로 염화견이다.

잠든 염화견의 몸은 숨을 쉴 때마다 규칙적으로 작게 움직였다. 염화견의 뒤쪽은 벽으로 막혀 있으니 그들이 들어온 곳이 단 하나의 출입구였다.

고운석은 조심스럽게 뒤로 물러났다. 입술에 검지를 대서 네 사람을 단속한 고운석은 횃불을 바닥에 내려놓고 부적을 꺼냈다.

아무리 염화견이라도 산을 통째로 관통해서 빠져나갈 수는 없을 것이다.

일단 이곳에 가둔 후에 죽일 방법을 생각해도 늦지 않다.

고운석은 갓난아기의 옹알이처럼 주문을 외우며 부적을 한 장씩 벽에 붙였다.

열두 장의 부적을 벽과 천장 바닥에 빙 둘러 붙이고 마지막

열세 장째의 부적을 손에 쥐었을 때였다.

크르르룽······.

전신의 솜털을 곤두서게 만드는 울림이 귀를 파고들었다.

제2장

조우

녀석의 붉은 눈이 노란색으로 물들며 누런 털에 타닥타닥 불꽃이 일기 시작했다.

"지부장님! 서둘러요!"

"남신북두공하강(南神北斗共下絳)……!"

크엉!

염화견이 고운석을 향해 땅을 박찼다. 고작 이 장 남짓 떨어진 거리는 순식간에 좁혀졌다.

"일체공행(一切功行) 여여평분(與汝平分) 음(噷)!"

부적을 붙인 손바닥이 땅을 쳤다.

쿠웅!

열기가 훅 밀려왔다. 놀란 고운석은 엉덩방아를 찧었다. 부적이 만든 결계(結界)에 부딪친 염화견이 투명한 벽에 부딪친 후 튕겨 나갔다.

"휴우!"

안도의 한숨과 함께 얼굴을 쓸어내린 고운석은 뒤늦게 앞머리와 눈썹, 수염의 일부분이 타서 재로 부서졌다는 걸 깨달았다.

"모든 것을 완벽하게 차단하는 결계 너머까지 열기를 뿜어내다니."

고운석은 절레절레 고개를 저었다. 팽팽하게 당기고 있는 시위를 느슨하게 놓으며 관제만이 말했다.

"최소한 우리가 할 수 있는 일은 다 했네요."

"그럴까?"

우려 섞인 물음을 던지는 오희련의 시선은 잔뜩 웅크린 염화견에게 고정되어 있었다.

"결계에 갇혔으니 제아무리 염화견이라도 빠져나올 수 없어."

순간 움츠렸던 염화견이 땅을 박찼다. 훅 하고 밀려온 열기에 그들은 두 걸음을 더 물러섰다.

둔탁한 소리와 함께 머리 위에서 먼지가 우수수 떨어졌다.

"버틸 수 있을까요?"

고운석을 향해 묻는 오희련의 얼굴은 불안으로 덮여 있었다.

"결계를 믿어야지."

그들이 얘기를 하고 있는 와중에도 염화견은 쉼 없이 결계에 부딪치며 불꽃을 토해냈다.

"완벽하게 차단되었어야 했는데 열기가 이곳까지 미치고 있잖아요."

손우광이 물었다.

"결계를 한두 개 더 만들면 안 되나요?"

오희련이 톡 쏘아붙였다.

"부적은 그냥 생기는 건 줄 알아?"

쿵! 지직!

둔탁한 소리 뒤로 얼음이 갈라지는 듯한 소리가 들렸다. 그들은 놀라서 염화견을 보았다.

염화견은 지치지도, 고통을 느끼지도 않는 듯 계속해서 투명한 벽을 온몸으로 부딪쳤다.

투명한 공간이 일그러지면서 금이 가기 시작했다.

"젠장!"

남궁벽과 손우광은 검을 다시 뺐고 관제만은 느슨한 시위를 팽팽하게 당겼다.

오희련과 고운석도 양손에 네 장의 부적을 쥐었다.

"결계가 못 버틸 것 같은데 어떻게 하죠?"

손우광이 쏟아지는 열기에 땀을 뻘뻘 흘리며 물었다.

"놈도 결계를 깨느라 어지간히 약해졌을 것이다! 결계가 뚫리면 일제히 공격해!"

결계가 깨지리라는 걸 인정할 수밖에 없었다. 그리고 그 시간은 생각보다 빨리 찾아왔다.

쾅!

굉음과 함께 자잘한 돌이 날아오고 벽에 붙어 있던 부적들은 순식간에 타올라 재로 날아갔다.

"지금!"

관제만이 화살을 날림과 동시에 남궁벽과 손우광이 땅을 박찼다.

"구룡귀동(九龍歸洞) 빙(氷)!"

가장 먼저 염화견을 맞춘 화살은 그러나 살갗을 뚫기도 전에 그 끔찍한 화염에 의해 흔적도 없이 사라졌다.

이어서 당도한 오희련의 부적이 열기를 조금이나마 누그러뜨렸고 그 사이로 남궁벽과 손우광의 검이 떨어졌다.

봄날 아지랑이 같은 검기를 품은 검이 염화견의 머리를 때렸다.

픽!

뼈와 살이 갈라지는 경쾌한 소리를 기대했지만 모랫더미를 친 것 같은 둔탁한 소리만 울렸다.

오희련이 날린 부적의 효과는 단숨에 사라져서 검이 떨어지는 찰나에 다시 불꽃이 일었다.

검에 닿은 불꽃이 사방으로 튀어 오르고 그중 하나가 손우광의 어깨를 꿰뚫었다.

"크윽!"

손우광은 비명을 지르며 뒤로 날아가 동굴 벽에 부딪쳤다. 엄지 굵기 정도의 구멍이 뚫린 어깨에서는 화기 때문에 피도 나오지 않았다.

"젠장!"

황급히 물러선 남궁벽은 자신의 검을 보고 절망했다. 단 한 번 염화견의 불꽃과 부딪쳤을 뿐인데 검날은 촛농처럼 흘러내려 쓸모없는 꼬챙이로 변해 버렸다.

고운석과 오희련이 연속으로 부적을 날려보지만 염화견을 주춤하게 할 뿐 별 효과는 거두지 못했다.

관제만이 날린 화살도 불 속으로 던지는 지푸라기와 다를 바 없었다.

"우광이 데리고 피해라!"

고운석의 외침에 남궁벽과 관제만은 손우광을 부축해 동굴을 내달렸다.

염화견에게 그들의 물리력은 아무 소용도 없었다. 고작 평(平)의 경지를 갓 벗어난 그들의 무공으로는 염화견의 털끝조차 잘라내지 못했다.

연신 뒷걸음질을 치며 부적을 날리는 고운석이 오희련에게 물었다.

"부적은 넉넉히 가지고 왔겠지?"

주문을 마치고 부적을 날린 그녀가 소리쳤다.

"지부를 떠날 때는 넉넉하다고 생각했죠!"

고운석도 그랬다. 하지만 이렇게 쉼 없이 부적을 날리다가는 지니고 온 부적은 얼마 지나지 않아 바닥날 것이다.

하지만 부적이 바닥날 걱정은 오히려 희망적인 생각이었다.

끄어엉!

입을 한껏 벌려 포효를 터뜨린 염화견이 그들을 향해 짓쳐 들었다.

두 개의 부적을 동시에 맞았는데도 다가오는 속도만 조금 늦췄을 뿐이다.

"도망쳐!"

적에게 등을 보이는 게 끔찍하게 싫었지만 재가 되지 않는 방법은 그것뿐이었다.

한 장의 부적을 날린 오희련은 결과도 보지 않고 몸을 돌려 동굴을 달리기 시작했다.

"오진선수오진원(吾眞先守吾眞元) 섭(攝)!"

그녀의 뒤를 바짝 따라붙은 고운석이 부적을 날리자 굉음이 터졌다. 염화견에게 직접 피해를 주기에는 역부족이니 동굴을 무너뜨리는 게 최선이었다.

하지만 염화견의 몸에 부딪친 돌덩이들은 이내 퍼석한 재가 되어 어둠 저 멀리로 사라졌다.

등짝에 느껴지는 열기는 끓는 물을 붓고 있는 것처럼 뜨거웠다. 앞서 가는 오희련이 이 정도이니 고운석은 달군 쇠를 짊어진 것 같은 고통을 느낄 것이다.

염화견의 네 발이 바위를 파고드는 소리가 소름 끼치게 가까워지고 있었다.

줄줄 흘러내리는 땀은 눈을 따갑게 만들고 뜨거운 대기 탓에 숨은 더욱 빨리 차올랐다.

거친 숨을 내뿜는 그녀는 이제 부적을 날릴 엄두도 내지 못한 채 무작정 달리고만 있었다.

싸워야 한다고, 그래서 뒤따라오는 고운석을 조금이라도 도와야 한다고 이성은 그렇게 소리치고 있었지만, 허리에 매달린 가방에 손조차 넣지 못했다.

그녀의 등을 떠밀고 있는 것은 공포였다. 두려움 따위는 느끼지 않을 것이라고 믿었는데, 지옥의 불길처럼 뜨거운 사신의 손길은 그녀의 심장을 쥐어짜서 숨겨져 있던 원초적인 본능을 여지없이 드러내 버렸다.

다섯 자 높이의 바위를 뛰어내려 경사진 비탈을 허위허위 올라갔다. 그녀의 무게를 못 이긴 돌멩이들이 아래로 굴러 떨어졌다.

호흡을 끝까지 넘기지 못할 만큼 숨은 턱까지 차올라 그녀를 괴롭혔다.

비탈의 끝에 솟은 돌멩이를 잡고 힘겹게 몸을 끌어 올리는데 뒤에서 둔탁한 소리가 들렸다.

고개를 돌리자 바닥에 엎어진 고운석이 보였다.

"지부장님!"

"어서 가!"

소리를 지르고 일어서려던 고운석은 다시 주저앉았다. 발목을 움켜쥐고 있는 것으로 보아 뛰어내릴 때 삔 모양이다.

고운석은 양손과 한쪽 다리를 이용해 어떻게든 비탈을 기어올랐다. 하지만 이글거리는 불덩이가 되어 쫓아오는 염화견에 비해 한없이 느린 속도였다.

오희련은 이를 악물고 가방에서 부적을 꺼냈다. 두려웠다. 그래. 인정하자.

그러나 더 이상 두려움에 함몰되지는 않을 것이다. 죽음의 사신이 심장을 움켜쥐고 있다면 그 손을 물어서 작은 상처라도 돌려주는 것이 그녀의 자존심이다.

염화견이 다섯 자 높이의 바위에 다다랐다. 한 번만 도약하면 엉금엉금 기고 있는 고운석을 덮칠 수 있는 거리였다.

"수신수호(隨身守護) 육갑음신(六甲陰身) 파(破)!"

양손을 떨치자 네 장의 부적이 화살보다 빠르게 날아가 염화견에게 부딪쳤다.

카앙!

요란한 소리와 함께 불꽃이 사방으로 튀면서 염화견이 한 발 물러섰다.

그녀는 쉬지 않고 부적을 날렸다. 술법이라는 게 단지 주문을 외우고 부적을 날리는 것이 다는 아니다.

육체적인 힘처럼 법력(法力) 또한 쓸수록 소진되는 건 자연의 법칙이다.

자신이 낼 수 있는 법력을 최대한 끌어올려 쉬지 않고 펼치는 술법은 금세 법력의 바닥을 드러냈다.

부적을 날리는 팔은 천근처럼 무거워지고 다리는 후들거렸으며 금방이라도 욕지기가 나올 것처럼 속이 뒤틀렸다.

술법의 힘은 당연히 떨어질 수밖에 없었다.

크어엉!

한껏 포효를 한 염화견이 부적을 뚫고 뛰어내렸다.

"지부장님!"

"멍청아! 어서 도망쳐!"

고함을 지른 고운석은 허리로 손을 가져갔다. 바로 앞으로 다가온 염화견에게 부적을 날리기 위해서였는데, 부적을 담은 가방은 어디론가 떨어져 나가고 손에 잡히는 건 손수민이 건네준 막대기뿐이었다.

염화견이 고운석을 덮쳤다. 고운석이 손수민의 막대기를 쓴 것은 죽기 전에 마지막 하는 발악 이상의 의미는 없었다.

철컥! 차악!

막대기의 길이가 한 자 남짓 더 길어지더니 우산 모양의 투명한 막(膜)이 펴졌다.

염화견이 막에 부딪치자 펑! 하는 소리와 함께 불꽃이 일었다. 고운석은 비탈의 위로 거칠게 밀려 올라갔지만 재가 되지는 않았다.

거친 바닥에 쓸린 고운석은 인상을 잔뜩 찡그리다가 이내 억지웃음을 머금었다.

"이거 쓸 만한데?"

뜻밖의 장애물을 만나기는 했지만 염화견의 살의는 여전했다.

"지부장님! 어서 올라오세요!"

"그럴 수 있을 것 같지 않군."

염화견이 다시 부딪쳤다. 막대기를 움켜잡은 고운석은 멀쩡한 다리로 온몸을 지탱하며 염화견의 공격을 막았다.

"가라!"

"지부장님……."

"어서 가!"

그녀가 하등 도움이 되지 못하는 이 상황에서는 선택의 여지가 없었다.

피가 나도록 입술을 깨문 오희런은 몸을 돌려 뛰기 시작했다. 뒤쪽에서는 염화견이 막에 부딪치는 소리가 연신 들렸다.

염화견의 불꽃이 멀어지자 동굴은 다시 칠흑처럼 어두워졌다. 그녀는 품에서 화섭자를 꺼내 불을 밝혔다.

화섭자에 의지해 두 개의 모퉁이를 돌 때 심장을 토해내는 것 같은 긴 비명이 울렸다.

"젠장!"

주먹으로 벽을 친 그녀는 다시 달리기 시작했다. 고운석의 죽음이 만들어준 기회를 머뭇거리다 날릴 수는 없었다.

천장은 높아졌다가 낮아지기를 반복했고 간혹 지나치는 갈림길은 제대로 가고 있는지 의심스럽게 만들었다.

"헉! 헉!"

그녀가 내뿜는 거친 호흡이 동굴 벽에 부딪혀 여러 개로 흩어졌다.

겨우 달리고는 있지만 자꾸 무릎이 휘청거려 속도를 낼 수가 없었다.

'염화견이 어디까지 쫓아왔을까?'

그 궁금증은 원하지 않게 너무 빨리 해결되었다. 열기가 먼저 느껴지고 이내 모퉁이 너머에서 노란 불빛이 빠르게 밝아졌다.

입구는 아직도 나올 기미를 보이지 않았다. 끔찍한 열기가 다시 등을 달구기 시작했다.

고운석이 만들어준 기회는 그저 숨 몇 번 더 쉴 수 있는 시간을 벌어줬을 뿐이다.

쿵!

염화견이 모퉁이를 꺾다가 벽에 부딪치는 소리가 요란하게 울렸다.

도망쳐 봐야 소용없다는 걸 알면서도 그녀는 악착같이 다리를 움직였다.

그런데 저 앞에 시커먼 무언가가 보였다. 두 걸음을 더 떼자 남궁벽이라는 걸 알 수 있었다.

검을 든 남궁벽이 다리를 어깨 넓이로 벌린 채 동굴 중앙에 서 있었다.

"뭐하는 거야?"

오희련은 달리면서 남궁벽의 팔을 잡아끌었지만 그는 꼼짝도 하지 않았다.

"영웅 흉내 낼 생각하지 말고 어서 도망쳐!"

어둠 저쪽에서 환하게 붉을 밝힌 염화견이 빠르게 가까워졌다.

"만민수호문의 문도는 동료를 버리지 않아."

비장한 목소리를 뱉은 남궁벽은 양손으로 검을 쥐었다. 녹아서 반 토막 난 검이 쓸모없다는 건 알지만 무사인 남궁벽에게 검은 일종의 신앙이고 자신이 믿는 유일한 것이다.

숨을 헐떡인 오희련도 남궁벽의 곁에 자리를 잡았다.

"그 말에 전적으로 동의하는 건 아니지만, 어차피 죽을 거 죽음만은 정면으로 바라봐야지."

숨을 깊게 머금은 그녀는 부적 네 장을 손에 쥐었다. 자신을 기다리는 두 인간은 안중에도 없는 듯 염화견의 속도는 전혀 늦춰지지 않았다.

오희련은 남궁벽을 힐끗 봤다. 입술을 굳게 다물고 검을 쭉 뻗은 그에게서 두려움 따위는 보이지 않았다.

그녀는 부적 날리는 걸 단념했다. 두려움을 억누르고 초연하게 죽음을 받아들이기로 했다.

죽음의 길을 함께할 동반자가 꽤 괜찮은 녀석이니 그것으로 위안이 되었다.

열기가 확 밀려왔다.

지지직!

머리칼이 타는 소리가 들렸다. 뭔가 머리 위를 지나간 것 같았지만 착각이라고 치부했다.

그녀는 그저 죽음의 공포에 맞서기 위해 이를 악물고 몸을 딱딱하게 굳혔다.

그런데 시커먼 것이 맹렬하게 다가오는 염화견 위로 떨어졌다.

커어엉!

갑자기 공격을 받은 염화견이 포효를 하며 동굴 벽으로 부딪쳤다. 두 사람은 튀는 불똥을 피해 황급히 뒤로 물러섰다.

맹렬하게 타오르는 염화견의 등에 누군가 매달려 있었다. 외형은 분명 사람이었고 불타는 고통 때문에 신음도 뱉어냈다.

하지만 그들은 선뜻 사람이라고 단정 짓지 못했다.

피와 살로 이뤄진 사람이라면 절대 염화견의 저 열기를 견뎌낼 수 없었다.

불꽃에 닿기도 전에 재가 되어 흩어져야 마땅한 게 인간이다.

그런데 저 인간은 진리에 가까운 사실을 거부하고 있었다. 염화견의 목에 감은 팔은 타서 하얀 뼈가 그대로 드러났고 머리 또한 해골밖에 남지 않았다.

그런 상황에서도 훤히 드러난 이빨은 한껏 벌어져 긴 비명을 질렀다.

외피가 모두 타서 사라졌음에도 여전히 살아서 염화견의 목을 조르고 있었다.

염화견은 달라붙은 인간을 떼어내기 위해 뛰어오르고 벽에 부딪치고 바닥을 거칠게 굴렀다.

하지만 거의 뼈밖에 남지 않은 인간은 팔로는 목을, 다리로는 허리를 조인 채 염화견에게서 떨어지지 않았다.

"인간은 아니로군."

살아 있는 건 둘째치고라도 염화견의 불꽃에 타지 않은 뼈를 가졌다면 남궁벽의 말대로 확실히 인간은 아니었다.

"단순히 타지 않은 게 아니야."

뼈는 가루가 되어 부서지고 있었지만 금방 그 자리에 새로운 뼈가 자라났다. 얼핏 근육과 살 또한 보였지만 그것들은 금세 불꽃에 의해 재로 사라졌다.

둘의 싸움은 격렬했다. 사방으로 튀는 불꽃은 원단(元旦)의 폭죽놀이 같았고 격렬하게 부딪친 동굴은 금방이라도 무너질 것처럼 흔들렸다.

"나가자."

오희련은 팔목을 잡은 남궁벽의 손을 뿌리쳤다.

"난 봐야겠어."

"멍청한 소리 하지 마! 도망칠 수 있는 유일한 기회라고!"

"도망칠 필요가 없을지도."

염화견은 계속해서 벽에 등을 부딪쳤다. 등에 매달린 자는 염화견의 열기와 더불어 충돌의 충격을 고스란히 감당해야 했다.

"희박한 가능성에 목숨을 맡기겠다는 거야? 심지어 인간도 아니잖아!"

"맞아. 흡혈귀지."

그녀는 인간의 형상을 한 흡혈귀의 송곳니가 단숨에 길어지는 걸 똑똑히 보았다.

무려 한 뼘 길이로 늘어난 송곳니는 불꽃으로 타오르는 염화견의 목덜미를 파고들었다.

크어엉!

한껏 벌어진 염화견의 입에서 비명 같은 소리가 터져 나왔다. 염화견은 흡혈귀를 떨쳐 내기 위해 미친 듯이 날뛰었다.

튀어 오르고, 구르고, 부딪치고, 뒤틀렸다. 하지만 어떤 몸부림도 흡혈귀를 떨궈내지 못했다.

"이 싸움이 끝나면 누군가 저 흡혈귀를 도와줘야지."

"미쳤군."

툭 쏘아붙인 남궁벽도 결국 자리를 지켰다. 싸움은 여전히 치열했지만 어느 순간 오희련은 흡혈귀의 승리를 직감했다.

염화견의 목을 꽉 부둥켜안고 있던 손, 그 손가락 끝에서 긴 손톱이 자라나기 시작했다.

그 손톱은 지독한 염화견의 불꽃을 견뎌내며 서서히 자라나 한 자 길이까지 늘어났다.

더없이 강인할 게 틀림없는 그 손톱이 염화견의 목을 파고들었다.

고통이 분명한 비명이 염화견에게서 토해졌다. 벽에 부딪치는 염화견의 움직임은 점점 둔해졌고 머잖아 비틀거리기 시작했다.

그토록 맹렬하게 타오르던 불꽃은 차츰 잦아들고 열기는 더 이상 바위를 녹이지 못했다.

열기가 누그러지자 흡혈귀의 신체가 급속도로 회복을 하기 시작했다. 뼈에 살이 붙고 근육이 생겼으며 장기가 땅을 뚫는 잡초처럼 자리를 잡아갔다.

징그러워야 마땅할 것 같은데 경이로운 그 모습은 아름답기까지 했다.

꿀꺽… 꿀꺽…….

이제 갓 재생된 목젖이 위아래로 움직였다. 염화견의 목에 박혀 있는 송곳니를 통해 붉은 피가 흡혈귀의 전신으로 퍼지는 광경이 또렷하게 보였다.

"아!"

그저 감탄스러울 뿐이었다. 차츰 사라진 불꽃은 이제 모닥 불 정도의 화기밖에 발산하지 못했고 염화견의 움직임은 그저 잔경련만 남았다.

흡혈귀의 팔 근육이 팽팽하게 당겨지더니 살이 찢어지는 소리가 들렸다.

불꽃은 단숨에 사라졌다. 잠시 후 누런 털을 가진 똥개의 머리가 떨어져 바닥을 뒹굴었다. 피는 한 방울도 보이지 않았다.

끈질긴 생명력 하나만으로 염화견의 목을 뜯어버린 흡혈귀는 느리게 일어섰다.

뼈는 여전히 반 이상 드러나 있었고 똬리를 튼 뱀 같은 내장도 보였다.

가려주는 부분 없이 온전히 보인 눈동자가 그들을 응시했다. 남궁벽이 슬그머니 검을 몸 앞으로 가져왔다.

흡혈귀가 그들을 향해 다가왔다.

딸깍! 딸깍!

뼈가 바닥에 부딪치며 경쾌한 소리를 냈다. 오희련도 새로운 부적을 꺼내야 하나 망설였다.

흡혈귀가 염화견을 죽였지만 그들 또한 죽이지 말란 법은 없었다.

지루하도록 느리게 다가오던 흡혈귀의 몸이 갑자기 앞으로 기울더니 통나무처럼 쓰러졌다. 그리고 다시는 움직이지 않았다.

*   *   *

뭔가 시끄러운 소리가 들렸다. 인간의 고성이 분명한 소음은 의식과 무의식의 경계에 놓인 도무진을 물 밖으로 끄집어 올렸다.

"흡혈귀잖아! 당연히 죽여야지!"

"벌써 잊었나 본데 우리 목숨을 구했어!"

"우리 목숨을 구한 게 아니라 염화견을 죽인 거지!"

"그게 그거잖아!"

"엄연히 다르지! 저 흡혈귀가 나중에는 우리 목에 이빨을 박을지도 몰라! 아니 틀림없이 그렇겠지!"

"저잣거리에 자리를 깔고 점을 보시지!"

멀찌감치 떨어진 곳에서 남녀가 서로의 얼굴에 침을 튀기며 언쟁을 하고 있었다.

죽여야 한다는 남자와 그에 맞서는 여인의 논쟁은 좀체 끝날 것 같지 않았다.

싸움은 밖에서 해달라고 말하려는데 조그만 하얀 구슬이 또르르 굴러와 두 남녀 사이에서 멈췄다.

"또?"

두 명이 동시에 어이없다는 표정을 지은 후 펑! 하는 소리와 함께 하얀 분말이 퍼졌다.

"전 세 번이나 말했답니다."

분말이 가라앉고 열여섯 살쯤 되어 보이는 소녀가 모습을 드러냈다.

여인이 얼굴에 묻은 분말을 쓸어내리며 말했다.

"이런 괴상한 것 만드는 대신 발성 연습을 하는 게 어떠냐?"

"물건 만드는 게 쉬워요."

소녀는 남녀 사이를 통과해 도무진에게 다가왔다.

"정신을 차렸네요?"

언쟁을 하던 남녀가 놀란 표정으로 다가왔다. 도무진은 뒤늦게 자신이 앉아 있다는 걸 깨닫고 일어서려 했지만 몸이 말을 듣지 않았다.

양쪽을 번갈아 본 후에야 팔은 뒤로 묶였고 발목은 의자 다리에 고정되었다는 걸 알았다.

흡혈귀인 그를 죽이지 않은 것만으로도 다행이다.

"염화견은?"

도무진의 물음에 여인이 대답했다.

"당신이 죽였잖아요. 기억 안 나요?"

염화견과 싸우던 어느 순간부터 기억은 끊겨 버렸다.

"다행이군. 너희는 동굴에 있던 그 둘이로군."

"어머! 기억하시네요?"

"치매 걸린 흡혈귀는 아니니까. 윽!"

옆구리에 느껴진 통증에 고개를 돌렸다. 소녀가 뭔가를 뒤로 감추며 꾸벅 고개를 숙였다.

"죄송합니다! 안 아파하는 것 같아서 혹시 통각(痛覺)이 없나 하고요."

염화견과 싸우면서 얻은 상처는 아직 아물지 않아서 도무진은 끔찍한 화상 환자 모습 그대로였다.

"얼마나 지났지?"

"하루요."

하루가 지났는데도 상처가 낫지 않다니. 회복 속도가 점점 느려지고 있었다.

"이젠 어떻게 할 거지?"

사내가 앞으로 나서며 말했다.

"죽여야지."

금방이라도 검을 빼서 휘두를 기세였다. 흡혈귀에게 개인적인 원한이라도 있는 모양이다.

소녀가 사내를 밀어냈다.

"곧 본부에서 사람이 올 거예요. 그때까지 살려두라는 명령이에요."

"누가 그런 명령을 내렸는데?"

"본부장님이 직접이요."

도무진을 노려보던 사내는 신경질적으로 돌아서서 멀어졌다. 계단이 위로 향하는 것으로 보아 이곳은 지하실인 모양이다.

"상처 아무는 게 더딜까 봐 수갑과 족쇄도 은이 아닌 쇠로 했는데 왜 아직 상처가 낫지 않는 거죠?"

회복 속도가 더딘 이유는 알고 있었지만 설명을 하고 싶지는 않았다.

"체질이야."

팔짱을 낀 소녀가 심각한 표정으로 도무진을 봤다. 미간에 짙은 주름을 만드는 게 뭔가 마음에 들지 않는다는 표정이었다.

"흡혈귀로 변한 지 얼마나 됐죠?"

"내가 심문을 받아야 하는 죄인인가?"

"아뇨. 이해가 가지 않아서요. 한 이십 년 정도 되었겠죠?"

소녀의 정확한 예측에 도무진은 조금 놀랐다.

"어떻게 알았지?"

"송곳니를 조사하면 나와요."

"나보다 나를 더 잘 아는 것 같군. 그래서?"

"그 정도면 고작 이 등급의 세해귀밖에 되지 않는데 어떻게 칠 등급의 염화견을 죽일 수 있었던 거죠?"

"불굴의 의지와 이 살인미소로."

소녀와 여인은 도무진의 농담에 웃지 않았다.

"지금 내 얼굴이 그리 좋아 보이지는 않지?"

두 사람이 동시에 고개를 끄덕였다.

"이 상처가 나으면 훨씬 나을 거야. 내 장담하지."

여인이 위로하듯 말했다.

"그래도 눈꺼풀은 달려 있으니 최악은 아니에요."

"다시 묻죠. 당신은 뭐가 그리 특별한가요?"

"질문이 잘못됐군. 중요한 건 '무엇'이 아니라 '왜'야. 나
또한 지난 이십 년 동안 갖고 있던 의문이니 궁금증을 풀어주
지 못해 미안하군."

여인이 갑자기 큭큭거리는 웃음을 터뜨렸다. 소녀가 물었
다.

"뭐가 우스워요?"

"지금 이 상황이. 우리가 흡혈귀하고 얘기를 하고 있잖
아."

"흡혈귀와 얘기를 하는 게 처음인가?"

"보통 흡혈귀를 만나면 말 대신 부적을 먼저 날렸죠. 얘기
할 기회도 이유도 없었으니까요. 전 오희련이라고 해요. 당신
도 이름은 있겠죠? 이십 년 전에는 사람이었으니까."

"도무진."

소녀가 낮은 목소리로 말했다.

"전 손수민. 참고로 열여섯 살처럼 보이는 열여덟 살이에요."

"악수라도 하고 싶지만 보다시피 손이 묶여서."

오희련이 은근한 목소리로 말했다.

"나중에 진하게 신체를 접촉할 기회가 생기겠죠."

한쪽 눈을 찡긋한 오희련이 지하실을 나갔다. 손수민도 돌아서려다가 갑자기 꾸벅 인사를 했다.

"염화견을 죽여줘서 고맙습니다."

손수민에게 특별히 감사의 인사를 받을 이유는 없었지만 그러려니 했다.

도무진이 막 문을 나서려는 손수민에게 말했다.

"닭 몇 마리 가져다줬으면 좋겠는데. 물론 살아 있는 걸로."

＊　　　＊　　　＊

아무렇게나 뒤로 묶은 머리는 희끗희끗했고 짧게 기른 수염에도 듬성듬성 하얀 빛이 보였다.

오십 대 초반으로 보이는 그는 일정한 걸음으로 마당을 가로질렀다.

새로운 지부장이 온다는 연락을 받았기 때문에 그들은 모두 대청에 나와 기다리고 있었다.

대청으로 올라선 초로의 사내는 허리춤에서 신분을 나타내는 둥근 패를 대충 보여주었다.

후(厚). 지부장 목승탁(木昇濯).

만민수호문의 표식인 태양 주위를 타고 그렇게 쓰여 있었다.

후는 술법의 경지를 의미하니 목승탁도 죽은 고운석처럼 술법사였다.

목승탁은 의례적인 인사조차 없이 짧게 물었다.

"흡혈귀는?"

남궁벽이 대답했다.

"지하실에 있습니다."

"안내해."

목승탁은 감정도, 고저도 없이 딱 필요한 말만 뱉었다. 네 사람이 손수민에게 눈길을 모았다.

절대 친근해 보이지 않는 목승탁을 떠넘기려는 것이고 그녀는 아무렇게 않게 지하실로 가는 방향을 가리켰다.

"이쪽입니다."

손수민이 목승탁을 안내한 곳은 집성전 깊숙한 곳에 자리한 작은 방이었다.

방문 정면에 책이 빽빽이 꽂힌 커다란 책장이 놓여 있다. 그 책장의 중간쯤에 자리한 도덕경(道德經)의 윗부분을 젖히면 책장이 옆으로 밀려나며 네 치 두께의 지하실 철문도 함께 열리게 되어 있었다.

"넌 돌아가라."

목승탁은 혼자 지하실로 들어갔다. 감정이라고는 전혀 없는 것처럼 보이는 목승탁이 혼자 간다고 하니 손수민은 덜컥 불안해졌다.

"지부장님. 설마 죽이려는 건 아니죠?"

목승탁은 대답 없이 문을 닫았다. 그러자 책장도 제자리로 돌아왔다.

*　　　*　　　*

낯선 사내는 뚜벅뚜벅 걸어와 도무진의 앞에서 멈췄다. 도무진을 물끄러미 보는 시선에는 아무 감정도 들어 있지 않았다.

무표정한 얼굴과 흔들리지 않는 눈빛. 저렇듯 철저하게 감정이 배제된 얼굴은 본 적이 없었다.

저 얼굴에 비하면 흡혈귀조차 천변만화하는 경극 배우처

럼 보일 정도였다.

　잠시 그렇게 도무진을 내려다보던 사내가 의자 뒤로 돌아
갔다. 수갑을 만지작거리는 느낌이 들더니 손목이 가벼워졌
다.

　사내는 도무진의 무릎에 열쇠를 던졌다. 발목의 족쇄는 직
접 풀라는 뜻이었다.

　그를 자유롭게 풀어줬지만 호의라고는 느낄 수가 없었다.

　사내는 지하실 구석에 있는 의자를 옮겨 도무진의 맞은편
에 앉았다.

　흡혈귀를 앞에 두고도 경계하는 기미조차 보이지 않았다.

　"며칠 전 세 명의 흡혈귀를 죽인 것도 너냐?"

　사내의 정체도 모르고 이 상황도 확실히 이해가 되지 않았
지만 도무진은 순순히 고개를 끄덕였다.

　"왜 세해귀 사냥을 하는 것이냐?"

　"달리 할 것이 없으니까."

　"영원한 생명에 대한 지루함이라……."

　사내는 이해한다는 듯 고개를 끄덕였다.

　"상처가 아직도 낫지 않았군."

　사내는 헐렁한 소매를 걷더니 도무진을 향해 내밀었다.

　"마셔라."

　나타날 때부터 사내의 행동은 상식에서 어긋났지만 지금

의 행동은 그야말로 기행이었다.

흡혈귀에게 피를 준다는 건 백 장 높이 절벽에서 떨어지는 것만큼이나 확실한 죽음의 방법이다.

"무슨 수작인지 모르겠군."

"짐승의 피는 그저 생명을 연장시킬 뿐, 인간의 피만이 흡혈귀에게 진정한 생명력을 불어넣지."

사내의 팔뚝에 드러난 푸른 정맥이 도무진의 갈증을 급격하게 상승시켰다.

저곳에 송곳니를 박고 싶은 충동 때문에 관자놀이가 쿵쾅거렸다. 하지만 도무진은 고개를 돌려 버렸다.

"필요 없어."

"며칠 동안 짐승의 피로 연명했으니 인간의 피가 상당히 그리울 텐데?"

도무진은 아무 대꾸도 하지 않았다. 그러자 사내의 얼굴에 처음으로 표정 같은 게 떠올랐다.

눈썹 끝이 약간 올라가고 모기 뒷다리 두께만큼 눈이 커졌다.

"얼마 동안 인간의 피를 마시지 않은 것이냐?"

도무진의 대답이 없자 다른 질문이 이어졌다.

"햇빛은 어떠냐?"

도무진은 죽은 자의 그것 같은 사내의 눈을 응시했다.

"나에 대해 뭘 알고 있지?"

사내의 입가가 실룩였다. 웃는 것 같았다.

"넌 햇빛이 두렵지 않군."

"눈은 많이 부셔."

"널 흡혈귀로 만든 자의 정체를 아느냐?"

"흡혈귀지."

"그저 흔한 흡혈귀가 아니다. 그는 모든 흡혈귀의 아버지, 최초의 흡혈귀다."

처음으로 도무진의 부모와 여동생을 죽이고 그를 절망의 나락으로 떨어뜨린 흡혈귀에 대해 들었다.

"즉 너는 흡혈귀의 황태자라고 할 수 있지."

"그자에 의해 만들어진 흡혈귀가 수천, 어쩌면 수만 명이 될 텐데?"

"하지만 그 많은 흡혈귀 중 햇빛을 견딜 수 있는 흡혈귀는 오직 너 하나다. 최초의 흡혈귀가 자신의 능력을 네게 나눠준 거지."

"왜?"

"그거야 직접 만나서 물어봐야 알 수 있는 답이고."

"그자가 어디 있는지 알고 있나?"

사내는 고개를 저었다. 긴 숨을 머금은 도무진은 자리에서 일어섰다.

"그럼 쓸데없는 말이군. 날 죽일 텐가, 아니면 계속 가둬둘 텐가?"

사내도 따라 일어서며 말했다.

"원한다면 언제든 가도 좋다. 그전에 제안을 하나 하지."

"듣고 있어."

"우리 일원이 되어라."

도무진은 피식 웃었다.

"내게 만민수호문의 문도가 되라고?"

"어차피 네가 하던 일 아니냐? 좀 더 쉽고 안전하게 할 수 있으니 모두에게 좋은 일이지."

"매일 문단속을 하고 싶지는 않아."

"만민수호문 누구도 널 해치지 않을 것임을 약속하지."

"번거로움을 자초할 만한 매력은 없군."

"인간과 부대끼다 보면 영원에 대한 네 지루함도 조금쯤은 달래질 텐데?"

"결국은 순간일 뿐이지."

도무진은 사내를 지나쳐 지하실 계단을 밟았다. 문을 열고 밖으로 나가자 방에 있던 손수민이 화들짝 놀라 뒷걸음질을 쳤다.

"뭐… 뭐죠? 지부장님을 죽인 건가요?"

"늙어서 피 맛이 별로더군. 넌 좀 더 향기로울 것 같은데."

주춤주춤 물러나던 손수민이 후다닥 도망쳤다. 복도를 지나 대청으로 들어선 도무진은 걸음을 멈춰야 했다.

남궁벽과 손우광은 검을 겨누고 있었고 관제만의 활시위는 팽팽했다. 오희련 또한 양손에 부적을 든 채 그를 노려보았다.

가장 먼 곳에 선 손수민은 잔뜩 긴장한 표정으로 연신 마른침을 삼키고 있었다.

도무진이 난감한 표정으로 머리를 긁적일 때 마침 사내가 나타났다.

"뭐하는 것이냐?"

"응? 지부장님, 살아계셨습니까?"

"어떻게 된 거야?"

"부… 분명 제게 지부장님의 피 맛이 별로였다고 그랬단 말이에요."

도무진이 사내에게 말했다.

"이곳은 사람들이 너무 딱딱해."

남궁벽이 앞으로 나서며 물었다.

"지부장님, 저 흡혈귀를 풀어주신 겁니까?"

"그래."

"하지만……!"

사내가 손을 들어 남궁벽의 말을 막았다.

"내가 결정을 내리면 그것으로 끝이다."

사내는 품에 손을 넣더니 색안경을 꺼내 도무진에게 건넸다.

"그가 쓰던 것이다."

"만난 적이 있나?"

"오래전에. 내가 죽이지 못한 유일한 세해귀지."

도무진을 흡혈귀로 만든 최초의 흡혈귀가 썼던 색안경. 묘한 느낌이 들었다.

그 색안경 역시 도무진이 만들었던 것처럼 다리가 없었다. 색안경을 쓴 도무진이 대청을 가로질러 밖으로 나가려 할 때 오희련의 뾰족한 목소리가 터졌다.

"멈춰! 햇빛이잖아!"

지붕의 짧은 그늘 너머로 강렬한 햇빛이 마당을 가득 덮고 있었다.

"산책하기 좋은 날씨지."

도무진은 햇빛 속으로 걸음을 내디뎠다. 남겨진 자들은 그가 불꽃으로 타올라 한 줌 재가 되리라 믿겠지만, 물론 그런 일은 일어나지 않았다.

"어… 어떻게 흡혈귀가……!"

경악 어린 중얼거림을 뒤로 남긴 채 도무진은 마당을 가로질렀다. 그가 막 남쪽으로 난 문을 나가려 할 때 사내의 음성이 들렸다.

"내 제안은 유효하다. 언제든 와서 목승탁을 찾아라."

목승탁의 바람과는 달리 도무진이 만민수호문의 문도가 될 일은 없을 것이다.

남문 밖에 난 골목으로 들어서는데 갑자기 세상이 일그러졌다. 눈앞의 건물은 흔들리는 종잇장처럼 보였고 행인은 엿가락처럼 늘어났다.

그러더니 어떤 힘이 그의 멱살을 잡고 쑥 잡아당겼다.

"비켜!"

왼쪽에서 고함과 말발굽소리가 동시에 들렸다. 앞으로 황급히 몸을 날리자 말 두 마리가 끄는 마차가 빠르게 지나갔다.

그는 분명 좁은 골목으로 나왔는데 갑자기 대로로 내팽개쳐져 버렸다.

더구나 그가 나온 만민수호문의 지부는 근처 어디에도 보이지 않았다.

얘기만 들은 진법은 막연히 생각했던 것보다 더 오묘했다.

도무진은 행인들 속으로 파고들며 만민수호문과의 인연이 이것으로 끝이 아닐 거라는 느낌을 받았다.

제3장

습격

곽삼봉(郭三峰)은 여춘화(呂春花)를 벽으로 거칠게 밀어붙
였다. 그녀의 뾰족한 비명이 골목을 지나는 사람들의 이목을
집중시켰다.

"뭘 봐! 신경 쓰지 말고 각자 갈 길 가!"

커다란 덩치에 한 인상 하는 곽삼봉이 소리치자 찔끔한 행
인들이 잰걸음을 옮겼다.

여춘화의 턱을 잡은 곽삼봉은 쇠꼬챙이를 꺼내 그녀의 뺨
에 문질렀다.

"당장 이 자리에서 눈알을 후벼줄까?"

"제… 제발……."

"창녀에게 눈이 무슨 필요가 있어? 네년 아랫도리만 있으면 씹할 놈들은 어차피 할 텐데."

"도… 돈은 꼭 갚을게요."

"그 얘기는 사흘 전에도 했잖아?"

"이자가 너무 비싸서……."

곽삼봉은 꼬챙이를 위협적으로 여춘화의 눈앞에 가져다 댔다.

"시팔년아! 내 돈에 그 이자 붙는 건 지나가는 똥개도 알아!"

"악! 하… 하루만… 시간을 주시면……."

그는 여춘화의 얼굴을 서쪽으로 거칠게 돌렸다.

"해가 보이냐?"

"조… 조금……."

"곧 어두워지고 내일은 금방 올 거야."

곽삼봉은 꼬챙이로 여춘화의 볼을 문질렀다.

"나도 네 눈알을 뽑기는 싫어. 하지만 너도 알잖아. 이 바닥에서 본보기가 얼마나 중요한지 말이야."

"오… 오늘은 손님이 많을 거예요."

"그래. 가랑이를 열심히 벌리라고."

볼을 툭툭 두드린 곽삼봉은 그녀를 거칠게 밀었다. 바닥에 쓰러진 여춘화는 벌떡 일어나 골목 안으로 달려갔다.

"쯧쯧쯧… 돈 몇 푼 된다고 그걸 못 갚아서. 하여간 게으른 인간들은 안 된다니까."

골목을 빠져나와 대로로 접어들자 불을 켜는 가게들이 하나둘 생겨났다.

사채 사무실 쪽으로 방향을 잡은 곽삼봉은 품에서 자기로 만든 병을 꺼냈다.

돌팔이 의원 장보량(張保良)이 이자 대신 준 천기단(天氣丹)이라는 거창한 이름의 보약인데 효과가 괜찮았다.

특이하게 붉은색을 띨 뿐 아니라 비릿한 피 냄새까지 나서 먹기는 찜찜했지만, 약을 먹고 나면 금세 피로가 풀리고 덤으로 정력까지 좋아졌다.

약을 먹은 지 이틀 만에 천기단은 곽삼봉이 가장 아끼는 물건이 되어버렸다.

"오늘 밤은 월향(月香)이 그년 가슴이나 주무르면서 자야겠군."

콧노래가 절로 나올 만큼 기분 좋은 저녁이었다.

*　　　*　　　*

이 층의 창문턱에 걸터앉은 도무진은 어둠이 내린 거리를 물끄러미 보고 있었다.

뭔가를 향해 분주히 오가는 사람들이 거리에 가득했다. 오늘 밤은 또 이렇게 보낼 것이다.

거리를 지나는 사람들이 점점 뜸해지고 완벽한 고요가 밤의 장막과 함께 덮인 후 찬란한 햇빛을 품은 아침이 올 때까지…….

덜컥!

방으로 다가오는 기척은 느껴지지 않았는데 문이 열렸다. 초대할 사람도, 세해귀도 없으니 불청객이다.

도무진은 문 쪽으로 시선을 돌렸다.

커다란 덩치와 각진 턱이 강인한 인상을 풍기는 중년인이다.

"어둡군."

문을 닫은 중년인은 탁자 위에 놓인 초에 불을 붙였다. 자신의 집처럼 자연스러운 행동이었다.

"우리 둘 중 한 명은 방을 잘못 찾은 것 같은데?"

"갈 길을 못 찾아 헤매고 있는 사람은 있지. 정확히는 사람이었던, 이지만."

사내는 도무진의 정체까지 알고 있었다.

"용건은?"

"살날도 많이 남았을 텐데 급하군."

"저 아래 사람들 구경해야 하니까."

"그보다 좀 더 흥미 있는 일이 있는데."

"일단 자신이 누군지부터 밝혀야지."

"공(空)."

"공? 그게 다야?"

"중요한 건 내가 아니라 너니까."

"그건 그렇지."

공은 품에서 단검을 꺼내 탁자 위에 놓았다. 검과 자루가 하나로 연결된 단검은 묵철(墨鐵)을 통째로 깎아서 만든 것 같았다.

"한 명을 죽여주게."

"지금 이 상황이 얼마나 이상한지는 너도 잘 알 테니, 이제부터라도 정리를 좀 했으면 좋겠군."

"요점은 딱 한 가지야. 내가 원하는 건 한 사람의 죽음이고 네가 원하는 건 최초의 흡혈귀를 찾는 거니까. 안 그래?"

도무진에 대해 심하게 자세히 알고 있었다.

"넌 누구냐?"

"공."

"내가 널 죽이지 말아야 할 이유를 한 가지만 대봐."

잠시 생각하던 표정을 짓던 공이 손가락 두 개를 폈다.

"두 가지. 첫째, 날 죽이면 최초의 흡혈귀를 찾을 길이 요

원해지는 것이고, 두 번째는 날 죽이는 것보다 내가 지목한 자를 죽이는 게 훨씬 쉬울 테니까."

공은 탁자 위에 놓인 주전자를 들다가 '비었군' 하며 아쉬운 듯 입맛을 쩝쩝 다셨다.

"다행히 네가 죽여야 할 자는 세해귀만큼이나 세상에 도움이 되지 않는 놈이니 양심의 가책 같은 건 안 느껴도 좋아. 가난한 자의 피를 빨아먹는 흡혈귀 같은 놈이지. 너의 동족 얼굴에 먹칠을 하는 쓰레기니 빨리 치우는 게 너한테도 좋을 거야."

"그렇게 죽이고 싶으면 네가 직접 할 수 있잖아?"

"누구나 말 못 할 고민은 있는 법이지. 물론 그 고민을 네게 알려줄 생각은 없으니 질문과 나오지 않을 답변으로 시간을 낭비하지는 말자고."

도무진은 거절을 하려고 했다. 모호한 상대와 모호한 상황, 약속이 지켜질 것이라는 사실조차 모호한 거래는 확실한 위험만 낳는다.

"이만……."

축객령을 내리려는데 공이 손을 들어 도무진의 말을 막았다.

"대답을 하기 진에 잘 생각해. 어쩌면 이것이 최초의 흡혈귀를 찾을 수 있는 처음이자 마지막 기회일지도 모르니까. 먼

훗날, 한 삼백 년 후쯤에 지금처럼 멍하니 지나는 사람들을 보며 오늘을 생각하겠지. '그때 공의 제안을 받아들였어야 했는데' 라는 후회는 삼백 년이나 지나 버렸으니 늦어도 한참 늦은 거지."

공은 찻잔을 놓고 그 앞에 단검을 꽂았다.

"네 상황은 이 찻잔과도 같아. 이 단검은 네 앞을 가로막고 있는 벽이야. 기둥처럼 보이지만 벽이라고 생각하자고. 비유라는 게 편해서 좋은 거니까. 넌 이 넘을 수도, 돌아갈 수도 없는 벽 앞에서 어쩔 줄을 몰라 하고 있어. 벽 주변을 마냥 서성이는 너를 봐."

공은 찻잔을 빙글빙글 돌렸다.

"공허하지? 사람이라면 잊히기도 하고 죽음이라는 축복도 있지만 넌 계속 이렇게 맴돌아야 해. 의미 없는 과거나 회상하며 지나는 사람들의 숫자나 세고 있겠지. 영원히."

공은 도무진을 향해 싱긋 웃었다.

"이제 내가 너의 축복이라는 걸 알겠지? 난 네게 이 벽을 치울 수 있는 기회를 주는 거야. 네 가족을 죽인 자에 대한 증오, 왜 자신은 죽이지 않고 흡혈귀로 만들었을까에 대한 의문. 증오와 의문의 벽을 허물지 않고서는 널 묶은 과거의 밧줄을 절대 자를 수 없어. 그래서 지금 결정을 해야 하는 거야. 공허함만 가득한 과거에 머물 것인가, 뭔가 의미 있을 수도 있는 미래를 향해 갈 것인가."

물끄러미 공을 보던 도무진이 말을 툭 뱉었다.

"장황하군."

"설득력도 있잖아? 인정해. 넌 내 제안을 거절할 수 없어."

마음이 움직인 건 사실이다. 단지 공이 말한 벽은 맞을 수도 틀릴 수도 있다.

분명 도무진이 최초의 흡혈귀 문제를 해결하지 못하면 지금 이대로 머물거나 다른 한 가지 선택을 해야 한다. 하지만 그 다른 선택은 그가 가장 가고 싶지 않은 길이다.

그러니 어떻게든 최초의 흡혈귀를 찾아야 한다. 그게 최선이기는 하지만 만약 그 문제를 해결하고 나면 어떻게 될까?

그를 가로막고 있는 벽이 치워진다고 희망찬 장밋빛 미래가 그를 기다리고 있을까?

열여섯 소녀의 사랑에 대한 막연한 동경만큼이나 비현실적이다. 여전히 영원히 살아야 하는 흡혈귀로 남아야 한다는 그 한 가지 사실 외에는 확실한 게 아무것도 없었다.

도무진은 탁자에 꽂힌 단검을 물끄러미 보았다.

느닷없이 나타난 공의 정체가 무엇이든, 어떤 음모가 도사리고 있는 지금 결정해야 하는 것은 딱 한 가지다.

행동을 할 것인가, 그냥 머물 것인가.

도무진이 단검을 뽑은 것은 공을 믿어서가 아니다. 그저 지

금보다 더 나빠질 건 아무것도 없기 때문이다. 간단한 셈법이
다.

"누굴 죽여야 하지?"

*   *   *

당직을 서던 추관(推官) 백도경(白道京)은 서둘러 감옥으로
향했다.

감옥 입구에 서 있는 두 명의 관원이 그를 향해 허리를 숙
였다.

"만민수호문에서 온 자는 어디 있느냐?"

"안으로 들어갔습니다. 장 포두(張捕頭)께서 함께 석방 절
차를 밟고 계십니다."

"엄연히 국법이 있는데 누구 마음대로 석방을 해!"

문을 열고 들어간 백도경은 양쪽으로 줄줄이 철문이 늘어
선 복도를 빠르게 걸어갔다.

스무 개의 철문을 지나 모퉁이를 돌자 세 명이 눈에 들어왔
다.

언제나 충혈된 눈에 덥수룩한 수염을 기른 장우익(張宇益)
과 한 사내를 평생 사내구실 못하게 만들어 버린 오희련, 그
리고 초로의 사내였다.

"멈춰라!"

오희련의 팔목을 묶은 수갑을 막 풀려던 장우익이 깜짝 놀라 인사를 했다.

"백 추관님을 뵙습니다. 그런데 여긴 어인 일이십니까?"

"어찌 죄인을 풀어주는 결정을 네 맘대로 하느냐?"

"밤이 늦어 추관님이 쉬시고 계시는 줄 알고… 그리고 이분들은 만민수호문 소속입니다."

"그래서? 만민수호문의 문도들은 국법을 무시해도 된다는 말이냐?"

사내가 만민수호문의 문도를 증명하는 패를 보여주었다.

"목승탁이라고 하오이다. 내 수하가 좀 실수를 한 것 같은데……."

"실수라는 건 지나가다 남의 발을 밟는 걸 실수라고 하는 것이오. 한 남자를 평생 불구로 만든 건 십 년 동안 감옥에서 뉘우쳐야 할 죄를 지은 것이고."

목승탁의 얼굴이 무표정하게 변했다.

"법을 얘기하는 것 같군. 그럼 만민수호문의 면책권도 알 텐데?"

백도경이 가장 화가 나는 게 바로 그것이다. 만민수호문의 문도는 설사 살인을 해도 법의 처벌을 받지 않는다.

천하가 황제 폐하의 백성이어야 하거늘 만민수호문은 그

범주를 벗어났다. 나라의 관리로서 묵과하기 힘든 치욕이었다.

"물론 알고 있소. 하지만 절차라는 게 있으니 오늘 당신 수하는 이곳에 있어야 하오. 어쩌면 오래 있어야 할지도 모르고."

십 년 형을 내릴 수는 없지만 그가 할 수 있는 한 최대한 괴롭힐 생각이다.

그런데 갑자기 목승탁이 백도경의 목을 잡고 벽으로 밀어붙였다.

"끄윽! 이… 이게 무슨… 짓이냐?"

"죽고 싶어 하는 것 같아서."

"난… 정칠품… 추관이다… 이러고도… 무사할 것… 같으냐?"

목승탁이 백도경의 귀에 대고 속삭였다.

"내가 지금 널 죽이면 내가 무슨 벌을 받게 될까? 아무것도. 누가 감히 내게 벌을 내리겠느냐?"

목젖이 목뼈를 뚫어버릴 것 같은 고통 속으로 목승탁의 음성이 이어졌다.

"너희 하찮은 인간들은 우리에게 감사해야 한다. 우리가 아니면 너와 네 가족들은 세해귀에게 갈기갈기 찢겨 죽을 테니까. 알았느냐? 고마움도 모르는 쓰레기 같은 놈."

목승탁은 정말 쓰레기라도 되는 것처럼 백도경을 아무렇게나 던져 버렸다. 더러운 바닥을 구른 백도경은 감옥의 구석에 처박혔다.

"끄으윽!"

고통스러운 신음을 흘리며 겨우 상체를 일으키는 그를 뒤로하고 목승탁과 오희련은 감옥을 나가고 있었다.

하지만 백도경은 그들을 잡으라는 명령도 내리지 못했다. 아무도 그의 명령을 듣지 않을 것임을 알기 때문이다.

이 나라는 황제의 것이 아니라 저들 만민수호문의 것임을 그는 뼈저리게 깨달았다.

*   *   *

도무진이 문을 열고 들어가자 마작 판을 앞에 두고 빙 둘러앉은 네 명의 시선이 모아졌다.

모두 오랫동안 공들여 만든 험악한 인상을 가진 자들이었다.

"누가 곽삼봉이냐?"

네 명 중 가장 덩치가 크고 인상도 더러운 정면의 사내가 의자에 몸을 기대며 말했다.

"난데 넌?"

"나머지는 나가라."

물론 순순히 말을 들을 리가 없었다.

"미친 새끼! 여기가 어딘 줄 알고……!"

도무진은 사무실을 가로질렀다. 건달들과 설왕설래하며 시간을 보내고 싶지는 않았다.

그가 다가가자 놈들은 급히 몸을 일으켰지만 그것이 스스로 움직인 마지막 동작이었다.

세 명을 던져 구석에 처박은 것은 파리를 쫓아 손을 휘두르는 것과 다를 바 없었다. 조금 더 요란했을 뿐이다.

공의 말이 한 가지는 확실했다. 곽삼봉을 죽이는 건 전혀 어렵지 않았다.

도무진은 곽삼봉의 멱살을 잡고 책상 위에 거칠게 눕혔다.

"워… 원하는 게 뭡니까?"

"공이란 자를 아느냐?"

"네?"

짧은 물음 뒤로 곽삼봉의 고개가 좌우로 바삐 움직였다.

"네가 죽어야 할 이유는?"

곽삼봉의 얼굴이 금방이라도 울음을 터뜨릴 것처럼 일그러졌다.

"전 착하게 살아온 선량한 백성입니다. 제발 살려주세요. 도… 돈을 원한다면 얼마든지 드리겠습니다! 여기… 여기에…….”

책상 아래로 뻗었던 곽삼봉의 손이 도무진의 목을 향해 날아왔다.

하지만 도무진에게는 너무 느리게 보였고 그 손에 쥔 꼬챙이가 목을 뚫었다고 해도 아픔 이상의 피해는 없었을 것이다.

어렵잖게 곽삼봉의 팔목을 잡은 도무진은 꼬챙이를 빼앗았다. 손목에서 우두둑! 하는 소리와 함께 곽삼봉의 비명이 터졌다.

“워… 원하는 건 뭐… 뭐든지 드릴 테니…….”

곽삼봉은 의심의 여지없이 어디서나 볼 수 있는 뒷골목 건달이다. 다른 건달보다 좀 더 흉악할 수도 있지만 공 같은 사내가 청부를 할 만큼 중요할 건 없었다.

“최초의 흡혈귀를 아느냐?”

혹시나 해서 물었는데 역시나 모른다는 대답만 돌아왔다. 곽삼봉에게서 알아낼 수 있는 건 아무것도 없었다.

“흐흐흑… 대체 내게 왜 이러는 겁니까? 이 씨발놈아! 왜! 왜!”

곽삼봉이 도무진의 얼굴에 대고 고함을 질러댔다.

“그러게. 왜일까?”

목을 쥔 손에 힘만 조금 주면 끝이다. 그런데 갑자기 머릿속에서 작은 망치가 관자놀이를 두드린 것 같은 느낌이 왔다.

쿵! 쿵! 쿵! 쿵!

그것은 묘하게 곽삼봉의 거친 호흡과 맞닿아 있었다. 곽삼봉의 숨결이 느껴질 때마다 관자놀이가 울렸고 그것은 이내 심장으로 옮겨갔다.

그리고 손가락 사이로 곽삼봉 목의 푸른 동맥이 선명하게 보였다.

순식간에 입이 바싹 말라 참을 수 없는 갈증이 밀려왔다.

언제나 인간의 피를 원했다. 그걸 부인할 생각은 없다. 하지만 또한 언제나 인내할 수 있었다.

어려웠지만 불가능하지는 않았다.

하지만 지금 느끼는 이 갈증은 달랐다. 몸속의 피를 다 쏟아낸 후 코앞에 피를 가져다 대더라도 이처럼 갈망하지는 않을 것이다.

두근두근 움직이는 저 핏줄은 참을 수 없는 유혹이었다. 아니, 유혹이라면 뿌리칠 여지라도 있다.

이건 자연의 법칙이다. 도무진은 던져진 돌이다. 아무리 높이 날아가도 결국 땅에 떨어질 수밖에 없듯, 그는 저 핏줄에 송곳니를 박을 것이다.

"너… 넌… 괴물……! 사람 살려!"

의도하지 않았는데 본능이 먼저 송곳니를 꺼내 버렸다. 긴 송곳니는 두부를 뚫는 젓가락처럼 쉽게 곽삼봉의 목을 파고들었다.

막연히 상상만 했던 인간의 피는 형용할 수 없는 맛이었다. 천상의 맛이라는 극상의 모호한 표현조차 부족했다.

그의 몸속으로 들어간 곽삼봉의 피는 전신의 신경을 깨워 새로운 생명을 불어넣는 것 같았다.

흡혈귀는 인간의 피 없이는 살 수 없다는 말을 이제야 깨달을 수 있었다.

곽삼봉의 피는 단숨에 바닥이 났다. 하지만 도무진의 갈증은 풀리지 않았고 다행히 아직 세 명의 인간이 남아 있었다.

한 명, 두 명 그리고 세 명째의 피를 빨던 도무진은 흡혈을 멈췄다.

그를 옭아매고 있던 갈망의 밧줄이 툭 끊기며 위에서 내려다보는 것처럼 지금 자신의 모습이 머릿속에 들어왔다.

화들짝 놀란 도무진은 펄쩍 뛰어서 물러났다. 책상 위의 곽삼봉, 그리고 겹쳐져 있는 세 구의 시체가 현실이 되어 와락 달려들었다.

주춤주춤 물러난 도무진은 벽에 등을 기대고 주저앉았다. 절대 인간의 피는 먹지 않겠다는 맹세는 이십 년 만에 이렇게 깨져 버렸다.

쿵!

내려친 주먹이 마룻바닥에 구멍을 만들었다. 바닥을 만신

창이로 만드는 계속된 주먹질은, 그러나 아무 위로가 되지 못했다.

왜 참지 못했을까? 인간의 멱살을 처음 잡은 것도 아니고 심지어 인간의 피 속에 서 있었던 적도 있었다.

그런데 오늘은 뭐가 그리 특별했을까? 아니, 특별한 것은 오늘이 아니라 곽삼봉이었다.

그리고 곽삼봉이 특별한 이유는 공이 알고 있을 것이다.

사무실을 뛰쳐나온 도무진은 객잔으로 달려갔다. 원하지는 않았지만 지금 도무진은 그 어느 때보다 빨랐다.

인간의 피는 그를 전보다 훨씬 강하게 만들었고 공은 도무진을 강하게 만든 것에 대해 후회할 것이다.

거칠게 방문을 열자 공은 도무진이 떠날 때 모습 그대로 의자에 앉아 있었다.

한달음에 달려간 도무진은 공의 멱살을 잡고 들어 올려 그대로 바닥에 처박았다.

"고마움의 인사가 격하군."

마룻바닥이 꺼질 정도의 충격이었는데 공은 미소까지 머금고 그렇게 말했다.

"왜냐? 왜 내게 인간의 피를 마시게 한 것이냐?"

"목숨 하나에 질문 하나. 네가 알고 싶은 것이 그것이냐, 아니면 최초의 흡혈귀를 찾는 것이냐? 모든 것을 다 가질 수는 없지."

이대로 공의 목을 부러뜨리고 싶었다. 하지만 지금 분노에
몸을 맡기면 남는 건 후회뿐이라는 걸 알기에 물러설 수밖에
없었다.

"최초의 흡혈귀는 어디 있나?"

공은 원래 있던 의자에 앉아 탁자에 꽂힌 검을 가리켰다.

"그걸 가지고 목승탁을 찾아가라. 그가 알려줄 것이다."

"넌 모른단 말이냐?"

"내가 안다고 한 적은 없다."

"날 속였군."

"찾을 수 있는 방법을 알려줬잖아."

도무진은 공에게로 다가갔다.

"목승탁은 최초의 흡혈귀가 어디 있는지 모른다고 했는
데?"

"세상에 거짓말하지 않는 사람은 없어."

"그럼 네 말도 믿을 수가 없지."

"네 믿음은 네 문제지."

"네 죽음도 네 문제고."

도무진은 공의 얼굴을 향해 주먹을 휘둘렀다. 피할 수 없다
고 느꼈는지 공은 앉은 자세에서 꼼짝도 하지 않았다.

퍽!

갑자기 공이 사라지고 도무진의 주먹에 맞아 흩어지는 건 다섯 개로 찢어진 부적이었다.

"빌어먹을 술법사들!"

도무진이 실제와 허상을 구분하지 못했다는 건 공이 그만큼 뛰어난 술법사라는 뜻이다. 분노가 치밀었지만 지금 당장 공을 잡을 방법은 없었다.

도무진은 탁자에 꽂힌 단검을 뺐다. 정말 이 단검을 보여주면 목승탁이 최초의 흡혈귀가 어디 있는지 알려줄까?

목승탁은 분명 모른다고 했다. 물론 거짓말일 수도 있다. 도무진을 정확히 알고 있고 최초의 흡혈귀의 색안경까지 가지고 있는 걸 보면 그에게 거짓말을 했을 가능성도 다분했다.

만민수호문과 인연을 이어가고 싶지는 않았으나 지금은 목승탁을 찾아가는 수밖에 없었다.

창문으로 빠져나온 도무진은 만민수호문 지부를 향해 달려갔다. 진법을 통과해 나온 탓에 정확한 위치는 모른다.

하지만 언제든 찾아오라고 했으니 엉겁결에 나왔던 대로로 가면 목승탁을 만날 수 있을 것이다.

밤이 제법 깊었기 때문에 행인은 그리 많지 않았다. 느닷없이 튕겨져 나왔던 낮과 마찬가지로 지부로 들어가는 문은 어디에도 없었다.

문을 찾을 수 없으니 불러내는 수밖에.

"목승탁—!"

도무진은 목승탁의 이름을 크게 외쳤다. 고함을 지르자 여기저기에 화답하듯 개 짖는 소리가 들렸다.

도무진은 계속해서 목승탁을 목 놓아 불렀다. 그렇게 여섯 번을 외치고 일곱 번째 이름을 부르기 위해 숨을 들이쉬는데 뒤에서 목소리가 들렸다.

"꽤나 절박해 보이네요."

오희련은 눈이 마주치자 싱긋 웃음을 보였다.

"열쇠도, 넘을 담도 없으니 주인을 불러내야지."

"따라오세요."

그녀는 도무진을 대로에 맞닿은 골목으로 안내했다. 모퉁이 하나를 돈 후 오희련은 작은 집의 작은 문을 열고 안으로 들어갔다.

그녀를 따라 안으로 발을 들여놓는데 또 공간의 일그러짐이 나타났다.

몸이 안으로 쑥 빨려들어 가서 튀어나온 곳은 지부의 마당이었다.

대청에 목승탁이 나와 기다리고 있었다.

"생각보다 빨리 찾아왔군."

도무진의 목소리가 꽤 크게 들렸는지 남궁벽과 손수민도 대청에 모습을 드러냈다.

성큼성큼 다가가 대청에 올라선 도무진이 물었다.

"내게 거짓말을 했나?"

잠깐의 사이를 두고 목승탁의 대답이 나왔다.

"화가 난 것 같은데. 틀림없이 최초의 흡혈귀에 관한 것이
겠군."

"그가 어디 있는지 알고 있지?"

"그 대답은 이미 했잖느냐."

"공이라는 자를 알아?"

"무슨 일이 있었는지 모르지만 마지막으로 딱 한 번만 얘
기하마. 최초의 흡혈귀가 어디 있는지는 모른다. 그러니 내
밑으로 들어오려면 여기 있고 아니라면 나가라."

목승탁의 어조는 단호했지만 이대로 물러날 수는 없었다.
도무진은 공이 준 단도를 꺼내 보이며 말했다.

"공이라는 자가 이 단도를 당신에게 보여주면……."

그때 생각지도 못한 일이 발생했다. 도무진은 단도를 그저
가볍게 흔들었을 뿐인데 단도가 갑자기 손을 떠나서 목승탁
에게로 날아갔다.

아무도 예상하지 못했고 날아가는 속도는 시위를 떠난 화
살보다 세 배는 빨랐다.

그저 움찔하는 사이 단도는 목승탁의 왼쪽 가슴에 깊숙하
게 꽂혔다.

세상이 멈춘 것 같은 시간이 길게 느껴졌지만 실은 눈 한 번 깜빡이는 정도에 지나지 않았다.

"이놈!"

남궁벽이 검을 빼며 득달같이 달려들었다.

"잠깐!"

남궁벽에게 도무진의 외침은 의미가 없었다. 가슴에 꽂힌 단검을 내려다보는 목승탁을 보며 도무진은 뒤로 몸을 날렸다.

그의 앞을 스쳐 간 남궁벽의 검이 다시 쫓아왔다.

꼼짝없이 공의 함정에 빠져 버렸다.

지금의 처지보다 더 나빠질 게 없다고 생각했는데, 목승탁을 죽이고 만민수호문을 적으로 만들었으니 더 나빠질 길은 얼마든지 열려 있었던 셈이다.

갑작스럽게 일어난 소란에 지부의 여기저기에 불이 켜지고 사람들이 몰려나왔다.

일꾼이나 사무를 보는 자들 속에 손우광과 관제만도 섞여 있었다.

싸우는 소리 때문에 활을 들고 나온 관제만은 자세한 사정을 파악하기도 전에 화살부터 날렸다.

남궁벽이 공격을 하고 있으니 적은 정해져 있는 것이다.

도무진이 허리를 뒤로 젖혀 목으로 날아오는 화살을 피하자 남궁벽의 검이 떨어졌다.

　몸을 팽이처럼 돌려 왼쪽으로 피하는 도무진의 허리를 관제만의 검이 쓸어왔다.

　높이 도약해서 한 바퀴를 돌아 땅에 내려선 도무진은 문을 향해 뛰어갔다.

　누가 봐도 그가 단검을 던져 목승탁을 죽인 것으로 볼 테니 말로 풀 수 있는 상황이 아니었다.

　"멈춰라!"

　남궁벽의 외침과 함께 화살이 날아왔다. 몸을 빙글 돌려 화살을 피한 후 힘껏 땅을 박찼다.

　문까지의 거리는 이 장이 남았을 뿐이고 한 번의 도약으로 통과할 수 있었다.

　허공을 가르는 화살이 느껴졌지만 굳이 피하지 않았다. 은으로 만든 화살촉이 아니니 맞는 고통만 느끼면 그만이다.

　퍽! 하는 소리와 함께 등에 날카로운 아픔이 느껴졌다. 그 힘을 이용해 땅을 박찼다.

　나가는 문까지 고작 일 장을 남겨뒀을 때였다.

　쾅!

　갑자기 문이 산산조각으로 부서지며 시커먼 것이 덮쳤다.

　크어엉!

　짐승의 포효와 함께 도무진은 옆구리를 얻어맞고 허공을

훌훌 날아갔다.

오 장이나 날아가 땅에 떨어질 때쯤 그를 공격한 것의 정체를 알았다.

거대한 덩치에 노란 눈동자, 날카로운 이빨, 특유의 노린내, 늑대처럼 네 발로 달릴 수 있으면서 곰처럼 두 발로 서서 싸울 수도 있는 인간이면서 짐승.

늑대인간 인랑(人狼)이다.

내동댕이쳐져서 정신없이 땅을 구른 도무진은 나무에 부딪치고서야 겨우 멈출 수 있었다.

격통이 느껴졌지만 서둘러 일어섰다. 워낙 단단한 뼈를 가진 덕분에 크게 다치지는 않았다.

나타난 인랑은 한 마리가 아니었고 또한 인랑만 침입한 것도 아니었다.

호랑이나 표범 같은 동물도 보였는데 원래의 그것들보다 월등히 큰 덩치였다.

냄새로 맹수의 모습을 한 자들이 마음대로 모습을 바꿀 수 있는 형태변환자(形態變換子)라는 걸 알 수 있었다.

부서진 문을 통해 쏟아져 들어오는 인랑과 형태변환자의 숫자는 어림잡아도 오십이 넘어 보였다.

짐승들의 포효 사이로 남궁벽의 목소리가 들렸다.

"모두 안쪽으로 피해!"

전사가 아닌 사람들이 비명을 지르며 건물 뒤쪽으로 뛰어
갔다. 관제만이 화살을 날리고 남궁벽과 손우광이 맞서 싸웠
지만 자기 한 몸 지키기에 급급했다.

그 사이 인랑과 형태변환자들은 도망치는 사람들을 덮치
기 시작했다.

순식간에 신야현 지부는 아수라장이 되었다. 짐승의 포효
와 사람들의 비명, 절규, 울부짖음이 공간을 가득 메웠다.

도무진은 자신을 덮치는 인랑을 멀리 던져 버린 후 잠시 갈
등했다.

그의 손을 떠난 단검이 목승탁을 죽인 순간 만민수호문과
는 돌이킬 수 없는 사이가 되어버렸다. 이젠 적인 것이다.

그럼에도 도무진은 싸움의 한복판으로 뛰어들었다. 목승
탁의 죽음에 가장 큰 책임이 있는 자는 공이고, 이 습격의 주
체가 공이라는 데는 의심의 여지가 없었다.

만민수호문과의 관계가 어떻게 되든 지금 도무진에게 가
장 큰 적은 공이었다.

일 장이나 뛰어올라 인랑의 어깨 위로 떨어진 도무진은 한
자나 되는 손톱을 목에 쑤셔 넣었다.

크어엉!

짐승의 고통스러운 울부짖음이 터져 나왔다. 놈의 귀를 잡
고 몸을 빙글 돌려 땅으로 내려서면서 목젖에 손톱을 밀어 넣

었다.

찌지직!

살이 찢기는 소리와 함께 인랑의 머리가 몸통에서 분리되었다.

도무진은 자신을 덮치는 호랑이에게, 뜯어낸 머리를 던진 후 뾰족한 비명이 들리는 곳으로 고개를 돌렸다.

바닥에 주저앉은 여인이 가까워지는 표범을 보며 비명을 내지르고 있었다.

크엉!

인랑 하나가 그의 머리를 향해 팔을 휘둘렀다. 펄쩍 뛰어오른 도무진은 인랑의 머리를 걷어차고 그 반동을 이용해 몸을 쭉 뽑아 올렸다.

잔뜩 움츠린 표범이 여인을 향해 뛰어올랐다. 표범이 막 여인을 덮치려는 찰나 도무진이 표범의 목을 잡고 바닥을 뒹굴었다.

벗어나기 위해 발버둥치는 표범의 목에 손톱을 쑤셔 넣은 도무진은 몸을 퉁겨 일어서며 정면에 있는 인랑을 향해 표범을 던졌다.

둘이 뒤엉켜 쓰러지는 장면을 감상할 시간도 없었다.

네 명밖에 되지 않는 지부의 전사들이 감당하기에는 적의 숫자가 너무 많았다.

인랑과 형태변환자들은 도망치는 일꾼과 사무원들의 등을 부수고 목을 물어뜯었다.

원래 인간이었으나 인간으로서 가져야 할 자비 따위는 보이지 않았다.

물론 위험한 건 비전투원만은 아니었다.

관제만의 등은 길게 찢어져 있었고 손우광의 어깨는 탈골된 듯 축 늘어졌다. 남궁벽과 오희련도 크고 작은 상처에서 피를 흘리고 있었다.

무력한 일꾼과 사무원들이 불쌍하기는 하지만 모든 사람을 구할 수는 없었다.

도무진은 흩어져 있는 네 명을 향해 소리쳤다.

"모두 한곳으로 모여!"

도망칠 수는 없으니 서로의 등을 봐주면서 싸우는 게 가장 나은 방법이다.

허리를 숙여 호랑이를 머리 위로 흘린 도무진은 지나치는 녀석의 꼬리를 잡고 빙글빙글 돌렸다.

호랑이의 머리에 부딪친 인랑의 주둥이가 떨어져 나갔다. 자욱하게 뿌려진 피 일부가 도무진의 얼굴로 날아왔다.

인간의 피를 마신 뒤라 그런지 피 냄새가 그리 좋지 않았다.

머리가 사라진 호랑이를 던진 도무진은, 여전히 자신의 싸움에만 열중하고 있는 넷에게 다시 소리를 질렀다.

"멍청이들아! 한곳으로 모이라니까!"

가장 가까이 있는 남궁벽에게 가려던 도무진은 황급히 방향을 틀었다. 관제만의 뒤를 노리는 인랑을 발견한 것이다.

"뒤 조심해!"

그의 외침에 관제만이 황급히 고개를 돌렸다.

크엉!

"헙!"

놀란 소리를 토해낸 관제만은 포효를 터뜨리며 달려드는 인랑을 향해 화살을 날렸다.

하지만 급하게 날린 화살은 인랑의 어깨밖에 맞추지 못했다. 다시 시위에 화살을 거는 관제만 위로 인랑이 떨어졌다.

"아악!"

도무진은 관제만을 덮친 인랑의 뒷덜미를 잡아 이 장 밖으로 던져 버렸다.

"괜찮……?"

짧은 물음조차 끝내지 못했다. 관제만의 목은 인랑의 이빨에 물어 뜯겨 반밖에 남지 않았다.

한 명의 전사가 죽었으니 적을 물리칠 확률은 그만큼 낮아졌다.

우웅!

뒤에서 바람 가르는 소리가 들렸다. 도무진은 눈으로 확인하기도 전에 팔을 들어 인랑의 공격을 막았다.

인랑의 휘두르는 다리에 걸린 도무진은 훌훌 날아가서 거칠게 처박혔다.

다섯 바퀴를 구른 후 멈춘 곳은 공교롭게도 오희련의 발 앞이었다.

"수신수호 육갑음신 파!"

연이어 세 장의 부적을 날린 오희련이 물었다.

"대체 누구 편이에요?"

"지금은 확실히 같은 편이지."

벌떡 일어선 도무진이 덮쳐드는 인랑의 가슴에 손톱을 쑤셔 박을 때 남궁벽이 합류했다.

옆구리와 다리에 상처를 입었고 등의 출혈은 걱정스러울 정도로 심했다.

"대체 넌⋯⋯?"

오희련이 남궁벽의 질문을 잘랐다.

"일단은 같은 편이야! 우광이는?"

그녀의 물음이 끝나자마자 긴 비명이 들렸다. 비명이야 지금도 여기저기서 계속 울리고 있었지만 그것이 손우광의 것이라면 여타의 죽음보다 뼈아프다.

그렇다고 애도할 시간 같은 건 없었다. 인랑과 형태변환자들의 공격은 계속 이어졌고 시간이 더 흐르면 모든 공격은 그들 셋에게 집중될 것이다.

표범의 목을 꺾은 도무진은 오희련의 머리를 뛰어넘으며 소리쳤다.

"지하실로 가야 해!"

승산 없는 싸움보다는 살아남는 게 급선무였다.

도무진이 두 마리의 인랑을 던져 길을 열었다. 부적을 날린 오희련이 뒤를 따랐고 남궁벽도 재빨리 합류했다.

죽일 인간이 거의 사라지자 인랑과 형태변환자의 시선은 오롯이 그들 셋에게 모아졌다.

끄어어엉!

마치 명령을 내리듯 유난히 덩치가 큰 인랑이 긴 포효를 토해냈다. 그러자 여기저기 흩어져 있던 놈들이 일제히 그들을 향해 뛰어오기 시작했다.

"서둘러!"

대청에 다다라 오희련과 남궁벽을 먼저 보낸 도무진은 달려드는 호랑이의 목을 꺾고 입을 쩍 벌린 인랑의 목구멍에 손톱을 쑤셔 박았다.

그 와중에 표범의 이빨이 허벅지를 파고들었다. 놈의 주둥이 위아래를 잡고 찢어버린 도무진은 절뚝거리는 걸음으로 대청을 가로질렀다.

두두두두!

수십 마리의 짐승이 쫓아오는 소리가 금방이라도 뒷덜미를 낚아챌 것 같았다.

대청에서 복도로 들어서는 모퉁이를 막 꺾을 때 바로 뒤에서 굉음이 울렸다.

쾅! 우지직!

맹렬하게 쫓아오던 놈들이 방향을 꺾지 못하고 벽을 들이받은 것이다.

저 앞에 막 모퉁이를 돌아가는 남궁벽이 보였다. 단숨에 그들을 쫓아간 도무진은 황급히 멈춰야 했다.

그들이 가야 할 길목에 인랑이 버티고 서 있었다.

가방에 손을 넣은 오희련의 움직임이 굳어졌다. 보아하니 부적이 다 떨어진 모양이다.

그들을 쫓아 집성전으로 들어온 놈들은 도무진을 향해 맹렬히 달려오고 있었다.

도무진이 땅을 박차며 소리쳤다.

"뛰어!"

오희련과 남궁벽이 가로막고 있는 인랑을 향해 달렸다. 도무진은 두 사람의 머리를 뛰어넘어 온몸으로 인랑에게 부딪쳤다.

쿵!

둔탁한 소리와 함께 도무진을 품은 인랑이 뒤로 밀려났다. 복도에 두 치 깊이로 긴 발톱자국이 파였다.

"서둘러!"

도무진은 인랑의 옆구리에 손톱을 박으며 소리쳤다. 고개를 뒤로 젖혀 울부짖음을 토해낸 인랑이 도무진의 어깨를 물었다.

"끄으윽!"

억지로 몸을 잡아 빼서 공간을 만든 도무진도 인랑의 목에 송곳니를 꽂았다.

이빨이 박히면 흡혈은 자연적으로 시작된다. 두어 번 무의식적으로 세해귀의 피를 마신 적은 있지만 이처럼 또렷하게 피 맛을 느낀 적은 처음이었다.

비릿하다. 인간의 그것에 비하면 더없이 역겹다. 언제나 그렇듯 흡혈귀의 흡혈은 살아 있는 것들의 생명을 빠르게 소멸시켰다.

어깨를 물고 있는 인랑의 힘이 약해졌다고 느낀 순간 등에 화끈한 통증이 느껴졌다. 쫓아온 인랑의 손톱이 등을 파고들어 내장을 헤집었다.

송곳니를 뺀 도무진은 물고 있던 인랑을 양발로 힘껏 밀었다. 그의 힘을 못 이긴 인랑이 뒤로 밀려나며, 좁은 복도를 나란히 달려오던 세 마리도 한데 엉켜 나뒹굴었다.

도무진은 힘겹게 몸을 굴려 인랑의 손톱에서 빠져나왔다. 흑회색 손톱 끝에는 자신의 내장 일부분이 대롱대롱 매달려 있었다.

한데 얽혀 화가 난 인랑들이 서로 으르렁대는 사이 도무진은 복도를 달렸다.

절로 신음을 토하게 만드는 고통은 계속 밀려들었고 왼쪽 다리는 힘이 들어가지 않아 발을 떼기도 힘들었다.

벽에 몸을 기대 긴 핏자국을 남기며 복도 끝에 다다랐을 때 다시 인랑의 추격이 시작되었다.

"빨리 와요! 빨리!"

복도 끝, 지하실로 들어가는 방 앞에서 오희련이 급한 손짓을 했다.

빠르게 가까워지는 인랑 떼를 힐끗 본 도무진은 오희련을 향해 달려갔다.

왼쪽 다리는 쓸모가 없어서 한 발로 껑충껑충 뛰어야 했다. 우스꽝스러운 모습의 도무진에 반해 인랑 떼는 자신의 속도를 주체할 수 없을 정도로 빨랐다.

콰광!

무작정 돌진한 인랑 두 마리가 부딪친 벽이 결국 무너졌다. 이미 깊숙한 상처를 입은 등은 벽돌의 자잘한 파편을 맞았을 뿐인데 아팠다.

"희련아! 내려가야 해!"

지하실 문을 열어놓은 남궁벽이 오희련을 재촉했다. 그녀는 초조한 얼굴로 다가오는 도무진과 지하실 문을 번갈아 보며 어쩔 줄을 몰라 했다.

"어서 들어가!"

도무진은 껑충껑충 뛰며 오희련에게 소리쳤다. 열린 방문으로 오희련이 지하실로 내려가는 것이 보였다.

그리고 남궁벽도 지하실 안으로 몸을 집어넣었다. 지하실 문을 잡은 남궁벽은 가까워지는 도무진을 응시했다.

그 눈빛의 차가움은 숨길 수 없는 적의였다.

남궁벽이 저대로 문을 닫아버릴 것 같았다.

도무진의 우려는 현실이 되어서 남궁벽이 뒤로 물러나며 손을 움직였다.

활짝 열렸던 문이 조금씩 좁아졌다. 문이 닫히기 시작하자 책장 또한 옆으로 이동했다.

"기다려!"

도무진의 외침에도 닫히는 문은 멈추지 않았다. 그리고 그를 보는 남궁벽의 눈빛은 여전히 차가웠다.

크어엉!

거대한 덩치의 인랑 떼가 복도의 벽을 부수며 쫓아왔다. 놈들의 역겨운 냄새와 뜨거운 숨결이 온몸으로 느껴졌다.

도무진이 한쪽 다리로 껑충 뛰어 문턱을 넘었을 때 문은 삼분의 이 이상 닫히고 책장은 옆으로 들어가도 좁을 만큼 공간이 부족했다.

쾅!

인랑이 부순 문짝의 파편이 뒤통수를 때렸다. 도무진은 있는 힘을 다해 책장의 빈틈으로 몸을 날렸다.

방바닥에 떨어진 후 옆으로 몸을 세워 얼음을 타는 것처럼 미끄러졌다.

머리가 안쪽으로 들어가 안도하는 순간 찌익! 하는 소리와 함께 멈춰 버렸다. 옷자락이 책장 모서리에 걸린 것이다.

그때 남궁벽이 손을 뻗어 도무진의 어깨를 잡고 잡아당겼다. 도무진은 지하실로 쑥 빨려 들어가고 철문이 거칠게 닫혔다.

쾅!

밖에서 인랑이 책장에 부딪치며 철문이 들썩였다. 계단에 반쯤 걸쳐진 몸을 일으키던 도무진은 신음과 함께 주저앉았다. 남궁벽이 그런 도무진의 멱살을 잡고 일으켜 세웠다.

"어떻게 된 거야! 새끼야!"

오희련이 그런 남궁벽을 말렸다.

"지금 우리끼리 싸울 때가 아니야!"

인랑 떼가 계속 부딪친 철문이 안쪽으로 파이기 시작했다.

네 치 두께의 철문도 인랑의 힘을 이기기에는 역부족이었다.

거기에 철문을 건 자물쇠와 경첩 주변의 벽돌에서 부스러기가 떨어지기 시작했다.

철문이 뚫리기도 전에 문이 통째로 뜯겨져 나갈 수도 있었다.

"다른 출구는 없나?"

도무진의 물음에 오희련이 대답했다.

"탈출을 위해 만들어놓은 곳이 아니에요."

절뚝거리며 계단을 내려간 도무진은 지하실 벽에 세워진 철제 침대를 끌고 올라왔다. 그가 힘겨워하자 오희련과 남궁벽도 거들었다.

침대를 비스듬히 문에 세워 보강하기는 했지만 이 또한 오래 버티지는 못할 것이다. 그 외에 그들이 달리 할 건 없었다.

계단을 내려간 그들은 철문을 향해 나란히 섰다. 인랑 떼는 쉼 없이 철문을 두드렸고 점점 크게 흔들리는 철문은 금방이라도 떨어져 나갈 것 같았다.

"놈들에게 절대 뒤를 내주면 안 돼. 싸우기에는 저쪽이 좋겠군."

도무진이 지하실 구석을 가리키며 말하자 남궁벽이 픽 웃음을 흘렸다.

"저 문이 뚫리는 순간 우린 끝이야. 지금 우리 몸 상태로는 인랑 한 마리도 감당하기 힘들어."

남궁벽의 말이 맞다고 해도 손 놓고 죽을 수는 없었다. 도무진이 영원의 삶을 힘겨워하면서도 계속 살아가는 것은 죽음을 거부하는 흡혈귀의 본능 때문이다.

"기적이 일어날 수도 있지."

공허한 희망이라는 건 안다. 그래도 삶을 향한 본능은 어쩔 수 없었다.

기어코 흔들리던 철문 위쪽이 벌어지기 시작했다. 그리고 바로 이어진 충격에 결국 경첩 하나가 떨어져 버렸다.

벌어진 틈 사이로 인랑의 손이 들어왔고 충격은 계속되었다. 앞으로 한두 번의 충격이면 문은 사라질 것이다.

"준비해."

도무진만이 싸울 의지를 보일 뿐 두 사람은 삶을 체념한 듯 팔을 내려뜨리고 있었다.

그런데 문에 충격이 가해지지 않았다. 문을 두드려도 세 번은 더 두드릴 수 있는 시간이 지났음에도 잠잠했다.

"뭐지?"

불안한 고요의 시간이 흘러갔다. 흩날리는 먼지가 하늘하늘 떨어지기 시작할 때까지 질식할 것 같은 조용함은 깨지지 않았다.

"어떻게 된……."

오희련이 낮은 음성을 토해낼 때 갑자기 굉음이 울리며 문
짝이 떨어져 나갔다.

"악!"

제4장
입문

　오희련이 뾰족한 비명을 터뜨렸다. 깜짝 놀란 남궁벽도 본능적으로 검을 들었고 도무진도 허리를 굽혀 싸울 준비를 했다.

　문이 넘어지며 일으킨 자욱한 먼지가 아직은 인랑의 모습을 보여주지 않았다.

　저벅! 저벅!

　발걸음 소리가 먼저 들렸다. 그런데 저 소리는 분명 인랑의 것은 아니다.

　그렇게 먼지를 뚫고 나온 사람은 목승탁이었다.

"지… 지부장님… 어떻게……?"

오희련은 너무 놀라 평생 말을 더듬은 사람보다 더 더듬었다.

"세 명. 많이 살아남았군."

감정 없는 음성으로 숫자만 센 목승탁은 다시 나가 버렸다. 목숨을 건진 것 같아 다행이지만 이해가 가지 않는 상황이었다.

목승탁은 죽었었다. 단검이 왼쪽 가슴에 자루만 남기고 박히는 걸 여기 있는 세 사람 모두 똑똑히 보았다.

"쌍둥이일까?"

오희련의 예측은 죽었다 살아난 목승탁만큼이나 가능성이 희박했다.

도무진은 목승탁을 쫓아 계단을 올라갔다. 제 기능을 상실했던 왼쪽 다리는 그저 뻑뻑할 정도로 회복되어 있었다.

이런 빠른 회복은 아마 인간의 피 때문일 것이다.

쓰러진 철문을 밟은 도무진의 걸음이 움찔 놀라 멈췄다. 작은 방 안에 시체가 가득했다.

벌거벗은 남과 여의 시체다. 인랑과 형태변환자는 죽으면 원래의 모습으로 돌아간다.

도무진이 충격을 받은 건 그들이 죽은 형태 때문이다. 하나같이 목이나 허리가 깨끗하게 잘려 있었는데 그 단면이 너무 깨끗했다.

자른 순간 모든 것이 굳어버린 듯 피 한 방울 보이지 않았
다.

"어떻게 하면 이렇게 죽일 수 있는 거지?"

뒤따라온 남궁벽이 믿을 수 없다는 얼굴로 중얼거렸다.

"목승탁은 어떤 사람이냐?"

도무진의 물음에 두 사람은 동시에 고개를 저었다.

"우리도 오늘 처음 만난 거예요."

"들은 것도 없고?"

역시나 모른다는 고갯짓이 돌아왔다.

"너희들은 빨리 치료받는 게 좋겠다."

도무진의 말에 남궁벽이 쏘아붙였다.

"너 때문에 의원도 다 죽었어!"

"그럼 나처럼 흡혈귀가 되든가."

"그걸 말이라고 하냐!"

도무진은 발끈하는 남궁벽을 뒤로 하고 집성전 밖으로 나
갔다. 마당 중앙에서 뒷짐을 진 채 밤하늘을 응시하고 있는
목승탁이 보였다.

건물의 벽과 마당에 가득 뿌려진 피 냄새가 후각을 강하게
자극했다. 주변은 온통 시체뿐, 살아 있는 사람은 보이지 않
았다.

그들 네 명이 살아 있는 사람의 전부인 모양이다.

"어떻게……."

목승탁이 손을 들어 도무진의 말을 막았다. 미동도 하지 않고 밤하늘을 보는 목승탁은 무언가 잔뜩 집중한 모습이었다.

도무진도 목승탁이 보는 방향으로 눈길을 돌렸지만 별의 희미한 반짝임 외에는 새까만 하늘뿐이었다.

반 각 정도 그렇게 시간을 보낸 목승탁이 비로소 도무진에게 눈길을 돌렸다.

"주변에 적은 더 이상 없군."

"하늘을 그렇게 오랫동안 쳐다보지 않아도 알 수 있었을 것 같은데? 어쨌든, 당신이 죽지 않은 이유가 뭐야?"

"단검이 빗나갔지."

"내가 의원은 아니지만 심장의 위치 정도는 정확히 알고 있어."

"내 심장이 좀 오른쪽으로 치우쳐 있거든."

"헛소리."

도무진의 특별한 청각은 가슴을 열어보는 것만큼이나 정확하게 목승탁의 심장 위치를 찾아낼 수 있었다.

"내가 죽지 않은 이유보다는 네 사연을 먼저 밝혀야지."

"우리도 듣고 싶군."

남궁벽이 약상자를 들어 올리며 말을 이었다.

"치료도 하면서."

목승탁 등이 무작정 죽이려 하지 않은 것만도 다행이었다. 어쨌든 도무진에게도 책임이 있으니 내막을 밝히는 것도 의무였다.

그들은 집성전 안의 그나마 온전한 방으로 자리를 옮겼다. 탁자를 중앙으로 옮기고 주위에 등받이 없는 의자를 가져다 놓았다.

목승탁은 치료해 줄 의지가 전혀 없는 듯 한쪽에 서서 팔짱만 끼고 있었다.

오희련이 고통스러운 표정으로 의자에 앉으며 도무진에게 물었다.

"약 바르고 붕대 감는 것쯤은 해봤죠?"

"흡혈귀가? 퍽이나 필요하겠군."

"흡혈귀 되기 전에는 인간이었잖아요?"

"과거 시험에 의료 과목은 들어 있지 않아서."

가는 한숨을 쉰 오희련이 약상자를 열었다. 안에는 열상에 바르는 금창약과 살을 꿰매는 바늘과 실, 붕대, 환약 등이 들어 있었다.

남궁벽이 상자의 내용물을 꺼내 탁자에 늘어놓으며 말했다.

"내가 먼저 치료해 주지."

하지만 바늘에 실을 매는 손이 부들부들 떨리는 것으로 보아 치료를 할 수 있을 것 같지 않았다.

"옷 벗어라."

결국 목승탁이 움직였다.

"치료는 빠를수록 좋으니 여자는 네가 맡아."

붕대조차 감아본 적 없는 도무진에게 치료를 맡긴다고 했는데 오희련은 아무 말도 하지 않았다.

힘겹게 상의를 벗은 오희련이 얇은 속옷까지 벗으려고 했다. 화들짝 놀란 남궁벽이 말했다.

"이… 이봐, 이렇게 보는 눈이 많은데 좀 그렇잖아?"

"팔이며 어깨, 등 안 다친 곳이 없는데 옷 입고 어떻게 치료를 해?"

그녀는 남궁벽이 다시 말릴 사이도 없이 속옷을 홀렁 벗었다. 마른 체구에 비해 큰 가슴이 드러나자 남궁벽은 황급히 고개를 돌렸다.

거기에 그치지 않고 일어선 그녀는 바지까지 벗었다. 이제 걸치고 있는 건 분홍색의 손바닥만 한 고의뿐이었다.

"이것도 벗어야 하나?"

낚시할 때 쓰는 것처럼 구부러진 바늘에 실을 꿴 도무진이 말했다.

"엉덩이 다친 것 아니면 그냥 앉아."

도무진은 먼저 그녀의 어깨로 바늘을 가져갔다. 두어 번 본 적은 있어서 그때의 기억을 되살려 바늘을 살갗에 밀어 넣었다.

고통 때문에 오희련의 몸이 움찔 떨렸다. 신경을 다른 곳으로 돌리고 싶은 듯 그녀가 물었다.

"어쩌다 그 단검을 들고 오게 되었는지 얘기해 줘야죠?"

"술시(戌時 : 밤 일곱 시부터 아홉 시 사이)가 막 넘어서 자신을 공이라고 밝힌 사내가 찾아왔지. 들어본 적 있나?"

질문은 오희련을 보고 했지만 실은 목승탁에게 물은 것이었다. 목승탁은 묵묵히 바늘만 움직일 뿐이었다.

"공이 한 가지 제안을 했지. 한 사람을 죽여주면 최초의 흡혈귀를 찾을 수 있게 해주겠다고."

"왜 최초의 흡혈귀를 찾으려는 건데요?"

"부모님과 여동생을 죽이고 날 흡혈귀로 만든 놈이니까. 세상에 흔하고 흔한 복수지."

말을 하면서도 도무진의 손은 쉬지 않았다. 몇 번 손을 움직이니 어느새 능숙한 의원처럼 자연스러워졌다.

어깨를 꿰맨 도무진이 등의 상태를 살피더니 말했다.

"여긴 좀 아프겠는걸."

한 뼘 이상 찢어진 세 개의 상처는 손가락이 들어갈 정도로 벌어져 있었다.

"얘기나 계속하세요."

말을 한 그녀는 붕대를 입에 물었다. 도무진이 손으로 상처를 다듬은 후 바늘을 밀어 넣자 오희련이 파르르 떨면서 답답한 신음을 터뜨렸다.

"죽였나?"

도무진은 질문을 한 목승탁을 힐끗 본 후 대답했다.

"죽였지."

"그리고?"

바로 대답이 나오지 않았다. 등을 꿰매는 바늘이 다섯 번 움직인 후에야 겨우 입을 열 수 있었다.

"마셨지."

"얼마 만에?"

"이십 년."

"이십 년이면… 혹시 오늘이 인간의 피를 마신 첫날이었나?"

"그리고 마지막이었기를 바라지."

"믿을 수가 없군."

"왜?"

"흡혈귀의 본성이니까. 갓 태어난 흡혈귀는 본능 덩어리지. 죽지 않는 이상 인간의 피를 향한 갈망을 멈출 수가 없어. 아주 드물게 인간의 이성을 찾는 흡혈귀는 있지만 인간의 피를 많이 마시고 난 후지."

목승탁이 남궁벽의 옆구리 쪽으로 이동하며 물었다.

"그 다음에는?"

"공의 말에 따르면 내가 가져왔던 단검을 당신에게 보여주면, 당신이 최초의 흡혈귀가 있는 곳을 알려줄 거라고 하더군. 그래서 이곳으로 왔지."

"그 말을 믿었단 말이냐?"

"당신이 최초의 흡혈귀의 물건까지 가지고 있었으니 내 믿음을 미련함이라고만 치부할 수는 없잖아?"

"믿었다기보다는 믿고 싶었겠지."

"완전히 부인할 수는 없군."

낮은 신음을 토해낸 남궁벽이 물었다.

"그런데 어떻게 놈들이 결계를 뚫은 겁니까?"

"술법이 걸린 그 단검 때문이다. 귀찮으니 더 묻지 마라."

더 이상 질문은 없었고 그래서 그들은 치료에만 전념했다. 등과 허벅지를 다 꿰맨 도무진은 마지막 배를 치료하기 위해 오희련의 정면으로 왔다.

그 즈음 능숙한 목승탁은 남궁벽의 치료를 다 끝내고 붕대를 감는 중이었다.

"허리를 숙이면 치료하기 불편하겠죠?"

그러더니 오희련은 다리를 양쪽으로 벌렸다.

"가까이 오세요."

"고맙군."

도무진은 오희련의 다리 사이에 무릎을 꿇고 앉았다. 얼굴 앞에 놓인 그녀의 가슴에서 열기가 느껴졌다.

배에 난 두 개의 상처 중 마지막 하나의 상처를 꿰매고 있을 때였다.

밖에서 발걸음소리가 들리더니 손수민이 쑥 나타났다.

"살아계셨군요! 다행이에요!"

안도의 말을 토해내며 활짝 웃던 그녀의 얼굴이 굳어졌다.

"뭐하시는… 거예요?"

확실히 치료처럼 보였지만 거의 벗은 오희련의 다리 사이에 도무진이 앉아 있으니 이상하게 보일 수도 있었다.

치료를 끝낸 목승탁은 책상 너머 의자에 앉아 그 모습을 구경까지 하는 중이었다.

손수민은 갑자기 얼굴이 하얗게 탈색되더니 그대로 풀썩 쓰러졌다. 무표정한 얼굴로 손수민을 보던 목승탁이 물었다.

"쟤 병명이 뭐냐?"

*　　*　　*

"역시 실패했느냐?"

'역시'라는 말에 공은 반쯤 든 찻잔을 내려놓으며 물었다.

"예상하셨습니까?"

유호영(劉護領)은 의자에 깊숙하게 몸을 묻었다.

"쉽지 않을 거라고 생각은 했지."

"예순 마리의 인랑과 형태변환자가 습격을 했습니다. 그전에 흡혈귀까지 준비를 했고요. 그런데도 어려울 것이라고 생각하셨다면, 목승탁이라는 자는 누구입니까?"

"지금은 신야현 지부의 지부장이지. 일단은 그 정도만 알고 있어라. 그 흡혈귀는 어떻게 되었느냐?"

"그자 또한 살아 있습니다."

눈까지 덮을 정도로 긴 하얀 눈썹이 곤두섰다.

"어찌 놈이 살아 있단 말이냐? 확실히 먹이의 피를 마셨느냐?"

"틀림없습니다."

"그 먹이에게 서혈환(逝血丸)도 먹였고?"

"그렇습니다. 그런데 광증을 일으키지 않았습니다. 흡혈을 조금 과하게 하기는 했지만 그 이후에는 전혀 이상이 없었습니다."

"최악의 결과로구나. 최소한 그 흡혈귀만은 목승탁의 손에든, 우리 손에든 죽을 줄 알았는데."

"다시 시도를 해볼까요?"

유호영이 고개를 젓자 길고 하얀 수염이 펄럭였다.

"시간을 갖도록 하자. 다행히 실패는 신야현 지부뿐이었으니 이번 일을 완전히 망친 것은 아니다."

"그럼 드디어 전면에 나설 때가 된 겁니까?"

유호영이 웃음을 머금었다.

"곧 여든이 되는 나도 기다리는데 젊은 네가 더 서두르는구나."

"죄송합니다."

"조금만 더 참아라. 이제 얼마 남지 않았다. 만민수호문은 곧 무너질 것이야."

*　　　*　　　*

원탁에는 다섯 명이 빙 둘러 앉아 있었다. 습격이 있은 후이틀이 지나서야 비로소 한 자리에 모였다.

"귀인문(鬼人門)이라고요?"

"세해귀와 인간이 평화롭게 어울려 살 수 있다고 주장하는 미친놈들 집단이지."

"귀인문이 왜 신야현 지부를 공격한 겁니까?"

"이곳뿐 아니라 여덟 개 지부가 공격을 당했다. 다른 곳은 모두 한 명도 빠짐없이 몰살을 당했지."

모두 입이 쩍 벌어질 정도로 놀란 소식을 전하면서도 목승탁의 목소리는 담담하다 못해 차갑기까지 했다.

"그 정도면 세력이 엄청날 텐데 어찌 이제까지 알려지지 않은 것입니까?"

"네가 알아서 뭐하게?"

"네?"

"호들갑 떨 거 없다. 미련한 인간들과 세해귀의 발악일 뿐이니까."

"그 발악이 수백 명의 사람을 죽였는데 어찌 작은 일이겠어요?"

당찬 말을 뱉어낸 사람은 손수민이었다.

"사람이 죽지 않는 전쟁은 없다."

도무진이 물었다.

"귀인문이 언제부터 있었지?"

"처음 존재를 알아차린 건 십 년 전이지만 놈들의 세력으로 볼 때 더 오래전부터 있었다고 봐야지."

"최소한 적이 누군지는 알았으니 다행이군."

오희련이 도무진에게 말했다.

"적이 많아지는데 다행이라고요?"

도무진은 어깨를 으쓱하고 일어섰다.

"심심하지는 않잖아?"

쾅!

남궁벽이 탁자를 내려친 건 너무 갑작스런 행동이었다.

"닥쳐! 네 심심함을 달래주기 위해 무려 예순두 명이 죽었어! 그들에게 미안하지도 않느냐!"

잠시의 침묵을 흘려보낸 도무진이 남궁벽의 어깨를 툭툭 두드린 후 방을 나갔다. 목승탁도 말없이 도무진의 뒤를 따랐다.

세 명만 남은 방의 침묵은 그래서 더 무겁게 느껴졌다.

"저분이 일부러 그런 것도 아니고. 누구나 실수는 하는 거니까 너그럽게 이해하면 안 될까요?"

"대체 왜 저놈을 두둔하는 것이냐? 놈은 흡혈귀야. 우리가 반드시 잡아서 죽여야 할 세해귀라고!"

"그 세해귀가 내 목숨을 구했지. 아! 너도 그 자리에 있었구나?"

"설사 내 목숨을 백 번 구한다 하더라도 놈이 죽어야 한다는 사실은 변하지 않아!"

"네가 흡혈귀를 미워하는 이유는 알고 있는데, 그 이유 하나만은 아니잖아?"

남궁벽이 주먹을 꽉 쥐고 엉덩이를 의자에서 살짝 뗐다. 여차하면 달려들 것 같은 태세로 훨씬 낮아진 음성을 뱉었다.

"무슨 뜻이냐?"

"네 어머니를 죽인 게 흡혈귀라는 건 새삼스런 비밀도 아니지. 그 정도면 충분히 흡혈귀를 미워할 만하지. 하지만 네가 저 황태자를 싫어하는 건 결국 질투 때문이잖아?"

"지… 질투라니?"

묻는 남궁벽의 얼굴이 붉어졌다.

"지부장님이 이상하리만치 흡혈귀 황태자를 편애하니까 그게 화나는 거잖아?"

남궁벽은 잔뜩 일그러진 얼굴을 펴며 되물었다.

"그렇지? 나만 그렇게 느끼는 게 아니지?"

"황태자 흡혈귀를 대하는 지부장님의 태도가 좀 이상하기는 해."

"좀 이상한 정도가 아니라 많이 이상하지. 지부장님은 아마 우리 이름도 모를걸?"

두 사람이 이야기하고 있는 사이 팔짱을 낀 손수민은 뭔가 골똘히 생각하는 표정이었다.

"넌 지부장님의 처사에 불만 없냐?"

남궁벽의 물음에 팔짱을 푼 손수민이 물었다.

"황태자 흡혈귀를 부를 때 뭐라고 해야 하죠?"

"응?"

"사람 나이로 따지면 한 마흔쯤 됐을 텐데 얼굴은 스무 살이니 아저씨라고 부르기도 이상하고, 그렇다고 마흔 살 먹은 아저씨를 오라버니라고 부르는 것도 어색하잖아요."

"그게 지금 너의 가장 큰 고민이냐?"

"네."

오희련이 탁자 위에 올려진 손수민의 손을 살포시 쥐었다.

"일단 둘이 자봐. 그럼 어떤 호칭이든 자연히 나올 거야."

남궁벽이 벌떡 일어서서 밖으로 나갔다.

"당장 전출 신청 할 거야!"

*　　*　　*

목승탁은 폭 다섯 자에 높이 여덟 자의 커다란 금고 안에서 가로세로 한 자 크기의 상자 아홉 개를 꺼냈다.

탁자 위에 검은색 칠이 된 상자를 늘어놓은 목승탁이 도무진에게 말했다.

"골라라."

"뭔데?"

"신마의 알."

만민수호문의 문도가 타고 다니는 신마가 새끼가 아닌 알을 낳는다는 건 들어서 익히 알고 있었다.

"이미 말했지만 난 만민수호문의 문도가 될 생각은 없어. 날 바보로 만든 공이라는 놈만 처리하면 떠날 거야."

"그렇다고 신마를 가질 자격이 없는 건 아니지."

"굳이 주겠다면."

도무진은 아홉 개 중 아무거나 하나를 가리키려고 했다.

"함부로 고르지 마라. 신마는 특별한 영물이고 어떤 주인을 만나느냐에 따라 더욱 특별해질 수도 있다. 그리고 아주 가끔 필연적으로 연결되어야만 하는 사람과 신마도 있지."

목승탁을 물끄러미 보던 도무진은 시선을 상자로 돌렸다. 탁자 위에 세 줄로 놓인 상자는 모양도, 크기도, 색깔도 모두 똑같았다.

"집중해라. 널 끌어당기는 놈이 있을 것이다. 어쩌면 이 중에 하나가 앞으로 백 년 동안 네게 가장 소중한 존재가 될지도 모른다."

*   *   *

목탄으로 설계도를 그리고 있던 손수민은 문을 열고 들어온 도무진을 보고 깜짝 놀라 일어섰다.

"제 연구실에는 어인 일이세요?"

도무진은 가지고 온 상자를 책상 위에 놓았다.

"지부장이 너한테 가져가면 부적을 새겨줄 거라고 하더군."

"이거 신마의 알이에요?"

"그래."

"결국 문도가 되기로 한 거네요?"

"임시직이지. 공이란 놈만 잡으면 떠날 거야."

"문도가 아닌 사람에게 신마를 준 적이 없는데, 굉장한 특혜네요."

"부적을 그린 다음에 내 피를 떨어뜨려야 한다고 하더군. 언제 다시 오면 되지?"

손수민이 상자의 뚜껑을 열며 대답했다.

"한 시진 후에……."

내용물을 본 손수민은 놀라서 말을 삼켰다.

"이거……."

"왜?"

상자 뚜껑을 완전히 열자 달걀보다 열 배는 큰 검은색 알이 모습을 드러냈다.

"검은색이잖아요?"

"그런데?"

"신마의 알은 모두 하얀색이에요. 검은색 알은 본 적도 들은 적도 없다고요."

"불량품인가?"

알을 물끄러미 보던 손수민이 고개를 저었다.

"지부장님이 주셨는데 그럴 리가 없죠."

"한 시진 후에 오지."

"세 시진 후에 오세요."

고개를 끄덕인 도무진이 돌아서려 할 때 손수민이 물었다.

"흡혈귀는 사람, 특히 여자를 홀린다는 게 정말인가요?"

"홀리다니? 어떻게?"

"있잖아요. 매력에 푹 빠지게 해서 헤어 나오지 못하게 하는 것 같은."

도무진이 피식 웃었다.

"그래서 내 매력에 푹 빠져 있나?"

"당치 않죠! 만민수호문의 문도들은 모두 피혹부(避惑符)를 피부에 새겨서 흡혈귀의 미혹에는 넘어가지 않아요."

"그럼 걱정할 거 없잖아."

"그냥 궁금해서요."

"나도 그렇다는 얘기는 들었지만 흡혈귀가 된 후로 여자와 가까이한 적이 없어서 장담할 수는 없군."

"흠, 그래요?"

"궁금하면 피혹부라는 걸 지워보든가."

손수민이 손사래를 쳤다.

"그 정도로 알고 싶지는 않아요! 어서 가세요!"

그녀는 손을 휘휘 저어 도무진을 쫓아낸 후 알을 꺼냈다.

알은 온 힘을 써야 겨우 옮길 수 있을 정도로 무거웠다.

"과연 어떤 녀석이 나올까? 나오긴 할까?"

열에 하나 정도는 주인의 기대를 저버리는 알도 있었다.

부적을 그리기 전에 이리저리 살펴보던 손수민은 이 알이 선택된 것이 처음이 아니라는 걸 알았다.

검은 껍질에 희미하게 붉은 자국이 남아 있는데, 지워진 부적이 틀림없었다.

보통 신마의 알이 부화하지 못하면 폐기하는 게 규칙이었다. 한번 부화하지 못한 알이 다른 사람에 의해 부화한 경우가 없기 때문이다.

그런데 이 검은 알은 다시 기회를 얻었다. 자세히 보니 두 번째가 아니라 이번이 여섯 번째라는 걸 알 수 있었다.

특이하게 검은 알이 나왔으니 어떻게든 부화를 시키려 노력했을 것이다.

그런 알이 돌고 돌아 도무진에게까지 왔다.

붓과 주사(朱沙)를 준비했지만 선뜻 부적을 그리지 못했다.

"그래. 어차피 여러 번 실패했으니 한 번 더 부화되지 않는다고 내 책임은 아니니까."

그녀는 붓과 주사를 치우고 서랍에서 끝이 뾰족하게 파인 조각칼을 꺼냈다.

이 검은 알이야말로 그녀가 책에서 보고 연구한 걸 시험해

볼 수 있는 최적의 실험체였다.

심호흡을 한 그녀는 조각칼을 알에 가져다 댔다.

*　　　*　　　*

지하실의 부서진 부분은 완벽하게 고쳐졌다. 하남성 본부에서 파견 나온 세 사람은 놀랍도록 빠르게 일 처리를 해서, 이틀 만에 시체를 치우고 지부의 수리를 마쳤다.

"날 너무 자주 부르는 거 아니야?"

도무진은 계단을 내려가며 지하실 중앙에 선 목승탁에게 말했다.

"세상에서 가장 측정하기 힘든 게 있다면 아마 인간의 욕망일 것이다. 특히 우리처럼 힘을 숭상하는 사람들이라면 더욱 그렇지."

"뭔가 어려운 얘기가 나올 것 같군."

"어렵기는 하지만 얘기는 아니다."

목승탁이 도무진을 향해 팔을 저었다. 허공의 파리를 쫓듯 의미 없는 동작처럼 보였다.

그런데 뭔가가 날아왔다. 눈에 보이지는 않았지만 본능적으로 느낄 수 있었다. 그리고 오른쪽 가슴에 격통이 밀려왔다.

"큭!"

짧은 비명은 토한 도무진은 주춤주춤 물러나 벽에 등을 기댔다. 화선지에 먹물이 번지는 것처럼 우측 가슴이 붉게 물들어갔다.

"뭐하는 거야?"

"넌 자신의 강함을 과신하고 있다."

목승탁이 다시 손을 저었다. 이번에는 잔뜩 긴장했고 날아오는 무언가도 빨리 느꼈다.

도무진은 왼쪽으로 황급히 이동했지만 가슴에 또 고통이 밀려왔다. 처음 상처를 입었던 바로 아래에서 피가 흘러나왔다.

보이지도, 들리지도 않는 공격은 무섭도록 빨라서 도저히 피할 수가 없었다.

"싸우자는 거야?"

"흡혈귀의 모습으로 변하면 강해지겠지만 나와 싸움이 될까?"

도무진은 몸을 작게 웅크렸다. 송곳니가 튀어나오고 손톱이 한 자 길이로 자라났다.

팽팽하게 당겨진 근육이 커져서 금방이라도 옷을 뚫고 나올 것 같았다.

"기꺼이 어울려 주지."

도무진은 목승탁을 향해 몸을 날렸다. 낮게 깔려서 돌진하는 도무진의 속도는 시위를 떠난 화살보다 빨랐다.

우웅!

목승탁의 얼굴을 향해 손톱을 휘둘렀다. 하지만 목승탁은 어느새 사라져서 허공만 헛되이 갈랐다.

바로 왼쪽 옆구리에 고통이 전해졌다.

"난 지금까지 널 세 번 죽일 수 있었다."

여덟 자 앞에서 뒷짐을 진 목승탁은 무감정한 목소리로 그렇게 말했다.

"그럼 죽이든가!"

분노에 찬 고함을 지르며 목승탁을 향해 달려들었다. 도무진이 낼 수 있는 최고의 속도였으나 이번에도 허무한 몸짓만 보였을 뿐이다. 그리고 얻은 가슴의 상처는 앞의 세 번보다 훨씬 아팠다.

"그 실력으로 어떻게 그 많은 세해귀를 죽였는지 모르겠군."

한심하다는 듯 말을 뱉은 목승탁은 연속으로 팔을 움직였다. 피하려고 해봤지만 어디서 날아오는지도 알아내지 못하고 속수무책으로 상처만 얻었다.

고작 반 각도 지나지 않아 열여덟 군데의 구멍이 뚫린 도무진은 피투성이가 되어 한쪽 무릎을 꿇었다.

"내게 알려주려는 게… 당신이 이만큼 강하다는 건가?"

"네가 형편없이 약하다는 거지."

도무진은 자신이 약하다는 생각을 한 번도 해본 적이 없었다. 흡혈귀가 된 지 이십 년밖에 되지 않았지만 백 년이 넘은 흡혈귀도 죽일 수 있었고 염화견까지 사냥에 성공했다.

흡혈귀의 법칙까지 뛰어넘은 그는 어떤 존재를 상대하든지지 않을 자신이 있었다.

그런데 이 지하실에서 그 자신감은 발에 밟힌 두부처럼 으깨졌다. 그가 낼 수 있는 능력을 한 줌도 남김없이 끌어 올렸지만 목승탁의 그림자조차 건드리지 못했다.

흡혈귀가 되면 드러나는 자연적인 분노의 힘도 전혀 도움이 되지 않았다.

열두 개의 상처를 더 얻은 후 도무진은 벽에 기대앉아 움직이지 못했다. 온몸에 멀쩡한 곳이라고는 떨어지지 않은 목뿐이었다.

한쪽 눈도 날아가고 배에는 주먹이 들어갈 정도의 구멍이 뚫렸다. 일어서려 해도 덜렁거리는 다리에는 힘이 들어가지 않았다.

"원하는 게 뭐야? 당신에 대한 존경심이라도 가지라는 건가?"

"뭔가를 알기 위해서는 모른다는 걸 깨달아야 비로소 알 수 있는 것이지."

"좋아, 난 당신보다 약해. 그래서?"

"알았으니 강해져야지."

"큭큭큭! 어떻게? 무공이라도 익힐까?"

"좋은 방법이군."

"진심이야?"

"난 평생 농담이라고는 해본 적이 없는 사람이다."

큰 숨을 들이쉬어 고통을 가라앉힌 도무진은 비웃음을 흘렸다.

"흡혈귀에 대해 다 아는 것처럼 지껄이더니 전혀 모르는군. 흡혈귀는 무공을 익혀봤자 아무 소용이 없어."

"방법이 잘못된 거지."

"어떤 방법을 쓰든 몸이 그렇게 만들어진 거야. 내 몸을 봐. 빈약한 팔다리에 아랫배는 나오고 근육이라고는 젓가락질만 겨우 할 정도로 빈약하잖아. 이게 스무 살 때의 내 모습이야. 내가 아무리 수련을 하고 내공을 쌓으려 해도 결국 원래의 몸으로 돌아오게 되어 있어. 열 살 때 생긴 이 팔의 작은 화상 외에는 흉터 하나 없잖아."

"인간의 형태였을 때는 그렇지. 하지만 흡혈귀의 모습이라면 어떨까? 흡혈귀는 필연적으로 세월이 지날수록 강해지잖아?"

"그렇게 만들어졌으니까."

"그래. 강해지도록 만들어졌지. 인간보다 훨씬 빨리 강해질 수 있게 만들어졌는데 왜 강해지려는 노력을 포기하느냐? 흡혈귀가 무공을 익히지 못한다고 누가 그러더냐?"

"진리를 굳이 확인할 필요는 없지."

"진리란 확인을 해서 믿어야 비로소 진리로 굳어지는 것이다."

"좋아. 당신 말이 가능하다고 치고, 내가 강해져야 하는 이유가 뭔데?"

"최초의 흡혈귀. 지금 네 실력으로 그를 이길 수 있을 것 같으냐?"

도무진은 그 질문에 대답할 수 없었다. 아니, 하지 않았다.

굳이 목승탁이 아니라도 지난 세월 스스로에게 수없이 던진 질문이었다.

그리고 어느 시점에서는 그 자문을 멈춰 버렸다.

"최초의 흡혈귀를 찾아서 죽이고 싶겠지. 하지만 너도 알고 있을 것이다. 그것이 네 능력 밖이라는 걸. 그럼에도 찾으려고 하는 건, 그를 죽이기 위함이 아니라 네가 죽고 싶은 것 아니냐?"

그 질문에도 대답을 하지 못하고 그저 목승탁을 향해 공허한 시선만 던질 뿐이었다.

"넌 절대 최초의 흡혈귀보다 강해질 수 없다고 생각하겠지만 그렇지 않다."

"자연의 법칙이야."

"불멸의 흡혈귀야말로 자연의 법칙에서 어긋난 존재들이다. 그걸 거스를 수 없다고 믿는 게 우스운 거지. 넌 이미 성체의 흡혈귀도 죽이지 않았느냐?"

"최초의 흡혈귀를 그딴 것들과 비교하는 것 자체가 어불성설이지."

"계단 한 개를 올랐으면 다음 계단도 오를 수 있느니라."

목승탁의 표정만 봐서는 정말 그렇게 믿는 건지 단지 그를 설득하기 위해서인지 알 수 없었다.

"내가 강해지길 원하는 이유가 뭐야?"

"귀인문. 절대 가벼운 상대가 아니다."

"천하를 지배하고 있는 만민수호문이 두려워할 정도인가?"

"세상에 영원한 강자는 없는 법. 아무리 찬란한 성세도 결국 무너지는 게 역사의 수레바퀴다. 다만 지금 만민수호문이 무너지는 건 보고 싶지 않다."

도무진이 아무 말이 없자 목승탁은 쭈그려 앉아 도무진과 눈높이를 맞췄다.

"네 부모와 동생을 죽인 최초의 흡혈귀를 잊지 마라. 너에

게는 그들의 원수를 갚아야 할 의무가 있다. 사명이 있는 자
는 아무리 긴 세월도 살아갈 수 있느니라."

*　　*　　*

도무진은 의아한 시선으로 신마의 알을 봤다. 부적을 그리
는 줄 알았는데 검은 알에 붉은색 문양이 보이지 않았다.

"안 그렸으면 기다렸다 다시 올까?"

"아니에요. 다 됐어요."

"하지만 부적이 안 그려졌잖아?"

"이건 좀 특별한 부적이에요. 여기 보세요."

좁은 부분이 위로 세워진 알을 자세히 살피자 가늘게 파인
홈이 보였다. 알아볼 수 없는 글자와 문양이 어지럽게 파여
있었다.

"그린 게 아니라 조각을 했군. 원래 이렇게 하는 거냐?"

"뭐… 이럴 때도 있고 저럴 때도 있죠."

손수민은 도무진에게 칼을 내밀었다.

"이제 피를 떨어뜨리면 되요. 여기 마지막 지(止)자처럼 생
긴 이곳까지 피가 흘러야 해요. 과다출혈로 죽을 정도는 아니
니 염려하지 마세요. 하하하!"

도무진이 따라 웃지 않자 어색하게 웃음을 멈춘 손수민은

칼을 휙 던졌다.

도무진은 알 위에 손을 놓고 칼로 손바닥을 그었다. 그걸 보는 손수민의 얼굴이 일그러졌다.

"그렇게 큰 상처까지는 필요 없는데⋯⋯."

하지만 손수민의 예상은 빗나갔다. 홈을 타고 흐르는 피는 솜에 흡수되는 것처럼 사라졌다.

보통 크기의 술잔을 가득 채울 정도로 피를 흘렸는데 홈은 삼분의 일도 채워지지 않았다.

"자⋯ 잠깐만요! 뭐가 잘못 됐어요!"

손수민이 소리를 치는데도 도무진은 피 흘려 넣는 걸 멈추지 않았다.

"이제 됐어요! 그만하세요!"

도무진은 여전히 알 위에서 손을 빼지 않았다. 그래서 손수민은 알을 옮기기 위해 손을 뻗었다.

도무진이 그런 손수민의 손목을 잡았다.

"괜찮아."

"괜찮긴요! 신마의 알은 피를 흡수하지 않는다고요!"

"네 말대로 과다출혈로 죽지는 않을 테니 걱정 마."

"하지만⋯⋯."

왠지 불안했다. 유난히 시험 정신이 강한 그녀는 언젠가 자신이 큰 사고를 저지를지 모른다는 불안함을 항상 안고 있었다.

저 검은 알로 인해 그녀의 불안함이 끔찍한 현실로 나타날 수도 있었다.

"그냥 다른 알로 달라고 하세요, 네?"

그녀의 애원에도 피는 계속 떨어졌다. 술병 두 개는 넉넉히 채울 정도의 많은 양을 머금은 알은, 그러나 아직도 붉게 변하지 않은 홈이 남아 있었다.

손수민은 더 이상 말하지 않고 그 모습을 지켜보았다. 도무진을 말리기는 했지만 솔직히 그녀도 저 알이 어떻게 변할지 궁금했다.

난생처음 보는 검은 알이 궁금하지 않았다면 애초에 평소와 다른 부적을, 그리고 그리는 대신 새기지도 않았을 것이다.

시간은 계속 흘러갔다. 도무진의 손에서 흐르는 피만 아니면 그들의 모습은 한 장의 그림 같았다.

그리고 어느 순간 손수민의 외침이 터졌다.

"됐어요!"

드디어 마지막 홈까지 붉게 물들었다. 알 위에서 손을 거둔 도무진이 물었다.

"부화하는 데 얼마나 걸리지?"

"사흘이요."

　　　　*　　　*　　　*

　도무진은 목승탁이 던진 검을 받았다.

　"검법을 익히라고?"

　"적수공권(赤手空拳)을 비롯해서 세상에 수십 가지 무기가 있지만 그중에 제일은 검이다. 검이 만병지왕(萬兵之王)이라는 호칭을 얻은 것은 상징적인 의미만은 아니다."

　"내겐 검보다 강한 손톱이 있는데."

　"정말 네 손톱이 검보다 강하다고 생각하느냐?"

　도무진은 손톱을 꺼내서 검을 내려쳤다. 챙! 하는 맑은 소리와 함께 부러진 검날이 바닥에 떨어졌다.

　목승탁을 손짓을 해서 검을 넘겨받았다. 그리고 갑자기 도무진을 향해 휘둘렀다.

　화들짝 놀란 도무진이 손톱으로 막았는데, 손톱은 나뭇가지처럼 우수수 잘려 나갔다.

　"농부의 검과 무사의 검은 이처럼 다르다."

　"당신은 술법사잖아?"

　"한때 내기 때문에 무공을 익힌 적이 있지. 그것이 내 인생에서 가장 유익한 내기였다."

　말을 하는 도무진의 목소리는 잔뜩 굳은 얼굴만큼이나 딱

딱했다.

"언젠가는 당신의 정체를 알려주겠지?"

"언젠가는 내가 알려주지 않아도 알게 될 것이다. 기마자세를 취해라."

"검을 어떻게 휘두르는지는 알아."

"넌 아무것도 모른다. 네가 이제까지 상대하고 봐왔던 검법은 모두 쓰레기다."

다른 사람이라면 몰라도 목승탁의 말이니 다가오는 무게가 달랐다.

도무진은 시키는 대로 기마자세를 취했다.

"무릎은 굽히고… 약간만. 허리는 펴라. 그 자세로 검을 앞으로 뻗어라. 오른쪽 어깨를 왼쪽 어깨보다 한 치 세 푼만 앞으로 내밀어라."

만약 보통 사람이었다면 그 자세를 만드는 데 열흘은 연습해야 할 것이다. 하지만 피부까지 손가락처럼 사용할 수 있는 도무진에게 목승탁의 주문은 그리 어렵지 않았다.

"그 자세로 내가 올 때까지 있으면 된다."

"언제 올 건데?"

목승탁은 대답 없이 지하실 계단을 올라갔다. 닫히는 문 사이로 목승탁의 무감정한 목소리가 들렸다.

"내가 다 보고 있다."

"검이요?"

"검날은 길이 다섯 자에 폭 여섯 치. 손잡이는 한 자. 묵철과 한철(寒鐵)을 삼 대 칠로 섞어라."

손수민은 어리둥절한 표정으로 물었다.

"제 키보다 훨씬 클뿐더러 굉장히 무거울 텐데, 누가 쓰려고요?"

"만들기나 해라. 뺄 때 불편하니 검집은 없어도 된다."

"하지만……."

목승탁은 손수민이 뭐라고 하기도 전에 개발실을 나가 버렸다.

"대장간에서 일하는 사람은 모두 죽어버렸다고요. 히잉!"

작은 물품은 스스로 만들 수 있지만 검은 다르다. 특히 묵철과 한철을 섞어서 그리 큰 검을 만들어야 한다면, 어지간히 솜씨 좋은 대장장이가 아니고서는 불가능했다.

그러나 목승탁을 찾아가서 못하겠다는 말을 할 용기가 나지 않았다. 목승탁에게는 사람을 어렵게 만드는 기운 같은 게 심하게 풍겼다.

"이 고을 어딘가에 솜씨 좋은 대장장이가 있겠지."

* * *

창문턱에 한쪽 발을 올리고 앉은 도무진은 고요한 마당을
응시하고 있었다.

그 많던 사람들이 모두 죽고 지부에서 일하는 일꾼은 세 명
뿐이었다. 그래서 이렇게 깊은 밤이면 석등에 밝혀진 불이 타
닥거리는 소리까지 들렸다.

문밖에서 희미한 발걸음 소리가 들리더니 방문이 열렸다.
숨소리와 냄새만으로 오희련이라는 걸 알 수 있었다.

그를 향해 다가오는 것을 느끼면서도 도무진은 시선을 돌
리지 않았다.

숨결이 느껴질 정도로 가까이 다가온 오희련은 창가에 몸
을 기대고 도무진을 물끄러미 봤다.

그제야 도무진의 시선도 그녀에게 머물렀다.

붉은색의 안이 훤히 비치는 옷을 입고 있어서 가슴과 검은
치모가 눈에 들어왔다. 배와 어깨를 감싼 하얀 붕대가 왠지
더 유혹적으로 느껴졌다.

오희련의 손가락이 창틀에 올려진 도무진의 발가락을 건
드렸다. 뜨거운 것을 만지듯 조심스럽던 손은 이내 발가락과

발등을 쓰다듬었다.

"흡혈귀는 밤일이 특별하다는데 정말 그런가요?"

뭐라고 대꾸해야 할지 몰라 잠자코 있는 사이 오희련의 손가락이 슬금슬금 올라왔다.

정강이를 지나 무릎을 거쳐 허벅지까지 다다른 손가락은 맨살을 더듬는 것보다 강렬하게 감각을 깨웠다.

손을 뻗으며 가까워진 그녀의 코가 입술에 스쳤다.

허벅지 안쪽까지 손이 들어오고 그녀의 입술이 귓불에 닿았다.

"오늘 밤 당신과 내가……"

도무진이 너무 깊이 들어온 손을 잡는 바람에 그녀의 속삭임이 멈췄다.

"후회할 짓 하지 마."

그녀가 웃음을 지었다.

"제가 후회할 정도로 형편없나요?"

도무진은 오희련의 어깨를 잡고 밀어냈다.

"가는 게 좋겠군."

거절에 익숙하지 않은 그녀의 입술 끝이 파르르 떨렸다.

"자주 오는 기회가 아니에요."

"꺼져."

기어코 그의 얼굴이 일그러졌다.

짜악!

피할 수 있었지만 피하지 않았다. 도무진의 따귀를 때린 그
녀는 성난 걸음으로 방을 나갔다.

뺨을 맞았지만 더 아픈 건 오희련일 것이다. 하지만 미안한
감정은 들지 않았다. 그것이 더 큰 문제다.

도무진은 다시 시선을 뜰로 돌렸다. 네 개의 석등 중 세 개
는 꺼지고 한 개도 힘겹게 흔들리고 있었다.

잠 못 드는 밤이 오늘 하루는 아니었지만 이 밤이 유독 길
게 느껴질 것 같았다.

한참 동안 그렇게 앉아 있던 도무진은 결국 오희련의 방으
로 향했다.

옆으로 방 두 개를 사이에 두고 있어서 몇 걸음 옮기기 전
에 닿을 수 있었다.

굳이 방문을 알릴 필요는 없었다. 문을 열고 들어가자 침대
에 앉아 있는 그녀가 눈에 들어왔다.

불은 켜지 않았지만 괴로움을 감춘 무표정한 얼굴은 너무
도 또렷하게 보였다.

"기회는 사라졌으니 꺼져요."

여자 방답게 화장대도 있고 침대보는 화려했다. 도무진은
창가에 놓인 의자에 자리를 잡았다.

"너같이 아름다운 여자에게 굳이 흡혈귀는 필요 없잖아?"

"그 아름다운 여자를 왜 거절한 거죠?"

"네게 어울리는 건 사람이니까."

"자신은 흡혈귀라서 안 된다? 그럼 이 밤에 내가 누굴 찾아 가겠어요? 지부장님은 논할 필요도 없고, 고고한 학처럼 구는 남궁벽은 보나마자 고래고래 소리를 질러 반경 백 리 안에 있는 사람을 모두 깨울 텐데. 쑤셔줄 물건도 없는 수민이한테 갈까요? 일꾼 세 명은 당신도 봤다시피 완전히 목각 인형이고. 이제 이 집에 남아 있는 사람이 없네요. 그래서 오늘은 급한 대로 내 가장 오랜 친구와 지내기로 했어요. 이놈은 날 거절한 적이 한 번도 없거든요."

이불 속에서 나온 오희련의 손에는 나무로 깎아서 만든 남근 형태의 조각이 들려 있었다.

절로 웃음이 나왔다.

"세상에 이놈만큼 오래가는 물건은 본 적이 없어요. 꽤나 큼직하기도 하고. 좀 딱딱한 게 불만이기는 하지만… 수민이 한테 개선해 달라고 의뢰를 해야겠군."

도무진이 말없이 보고 있자 그녀가 물었다.

"비참하게 보이나요?"

여자의 욕정에 대해 모르니 저렇게 본능을 해결하려는 오희련을 이해할 수 없었다.

하지만 그걸 직접 묻지는 않았다.

"흡혈귀의 밤일에 대해서는 누구한테 들은 거냐?"

"제가 이래 봬도 세해귀 전문가거든요. 흡혈귀에 대해서 알 만큼은 알아요. 요 며칠 가까운 곳에서 지켜보기도 했고."

"흡혈귀와 밤을 보내다가는 죽을 수도 있다."

"그 정도로 좋을라고."

"흡혈귀가 가장 위험할 때가 언제인지 아느냐?"

"피에 굶주렸을 때죠."

"여자와 정사를 나눌 때도 그에 못잖게 위험하다. 흡혈귀가 여자를 만족시킬 수 있는 건 그 또한 거기에 함몰되기 때문이다. 이성을 잃어버린 흡혈귀와 함께 침대에 있는다는 건… 목숨을 걸 만한 일은 아니지."

"목숨이 걸렸다면요?"

"누구도 욕정 때문에 죽지는 않는다."

그녀는 손에 든 남근 조각을 흔들었다.

"제가 손에 들고 있었던 건 이게 아니에요."

남근 조각을 던진 그녀가 이불을 젖히자 허벅지에서 흥건하게 흐른 피가 보였다.

허벅지 옆에는 피에 물든 쇠꼬챙이가 놓여 있었다.

"밤마다 찾아오는 이 고통을 당신이 어떻게 알겠어요? 음탕한 여자라고요? 그래요! 전 이렇게 생겨먹었어요! 아무리 허벅지를 찔러도 사라지지 않는 이 빌어먹을 욕망을 당신은 이해할 수 있나요? 하룻밤에 다섯, 여섯 남자를 품어도 풀어지지 않는 욕정을 가진 이 육체는……!"

기어코 눈물이 이불보 위로 떨어졌다.

"아마 저주받은 거겠죠."

삶을 살아가는 자들에게는 누구에게나 숨을 쉬는 대가로 내려지는 형벌이 있다.

그리고 그것은 결코 객관적으로 평가되지 않는다.

도무진이 흡혈귀가 되어버린 것이 삶의 천형이라면 오희련은 참을 수 없는 육체의 욕망이 삶을 고통으로 몰아넣는 형벌이다.

그 형벌이 가볍게 다가오지 않는 것은 인간의 감정이 거의 말라 버린 도무진조차 연민의 정을 느끼기 때문이다.

도무진은 끌리듯 걸어가 그녀의 곁에 앉았다. 피 냄새가 강하게 후각을 자극했다.

"피와 여인이라. 흡혈귀에게는 참기 힘든 유혹이군."

"불쌍한 여인이니 더욱 그렇겠죠."

"가족을 잃고 흡혈귀까지 된 나에게 불쌍함을 얘기하면 안 되지."

"내가 지금 제일 기분 나쁜 게 뭔지 알아요?"

"저 남근 조각이 딱딱한 거?"

오희련이 도무진의 무릎을 쓰다듬었다.

"날 내쫓고 동정하는 당신을 거부할 수 없다는 거예요. 이 쇠꼬챙이보다 꼿꼿해야 할 여자의 자존심인데 말이에요."

도무진은 쇠꼬챙이를 구부려 던져 버렸다.

"자존심 펴는 건 내일로 미루지."

도무진의 손가락이 오희련의 볼을 쓰다듬었다.

"네게 내일이 있다면."

"내일 따위는 잊어버려요."

"오늘 밤 널 죽인다고 해도 후회나 가책 같은 건 없을 거야."

오희련의 손이 도무진의 바지 끈을 풀었다.

"이제 그만 닥쳐요."

그녀의 붉은 옷이 찢어졌다. 그들에게 진정한 밤은 이제 시작이었다.

제5장

수호

콧노래를 부르며 상을 차리던 손수민은 식당으로 들어서
는 남궁벽을 보고 깜짝 놀랐다.

"얼굴이 왜 닷새는 못 잔 사람처럼 너구리가 되었어요?"

남궁벽의 눈 밑에 드리운 그늘은 너무 짙어서 금방이라도
먹물이 흐를 것 같았다.

"넌 잘 잤냐?"

"뭐, 평소하고 똑같죠?"

"정말 그 야수의 울부짖음 같은 소리를 못 들었단 말이
냐?"

"네? 또 습격이라도 있었나요? 이번에도 인랑하고 형태변환자였나요? 다친 사람은요?"

남궁벽은 손을 휘휘 저었다.

"관둬라. 네게 할 얘기가 아니지. 으… 이 흡혈귀하고 색녀를 그냥!"

"부러우면 끼워달라고 해라."

목승탁이 식당에 들어서며 한 말에 남궁벽이 펄쩍 뛰었다.

"누가 그런 끔찍한 짓을 한답니까?"

"냄새 좋은데?"

오희련이 밝은 표정으로 들어왔고 도무진도 이어서 나타났다.

"어머! 오늘은 상다리 휘어지겠네. 웬일로 아침부터 진수성찬이래?"

손수민의 목에 힘이 들어갔다.

"제가 솜씨 좀 발휘했죠."

"요리사 왕 아저씨는?"

"다른 일이 있어서 오늘은 제가 했어요. 그런데 언니, 오늘 기분이 굉장히 좋아 보이네요? 무슨 일 있으세요?"

주위를 둘러본 오희련이 남궁벽을 가리켰다.

"저기 정인군자님한테 물어봐."

"왜 날 끌어들여!"

그때 기름에 볶은 채소를 입에 넣고 우물거리던 목승탁이 젓가락을 소리 나게 놓았다.

　움찔 놀란 남궁벽은 식사에 집중하기 위해 구운 생선을 한 점 뜯어 입으로 가져갔다. 그리고 그의 젓가락도 식탁 위에 놓여졌다.

　숟가락으로 국물을 떠 입안으로 넣은 오희련의 얼굴도 일 그러졌다.

　"맛있군."

　볶은 돼지고기를 먹은 도무진만이 고개를 끄덕이며 칭찬을 했다.

　"그렇죠? 헤헤! 처음 하는 요리기는 하지만 얼마나 열심히 준비했다고요."

　도무진이 정말 맛있는 듯 먹었기 때문에 오희련은 의심스러운 얼굴을 하면서도 돼지고기를 입에 넣었다.

　"욱!"

　짜거나, 맵거나, 쓰거나 하는 미각의 문제가 아니었다. 차마 목구멍으로 넘길 수 없는 오묘한 맛에 결국 오희련은 제대로 씹지도 못하고 뱉어내야 했다.

　"다들 왜 그러세요? 황태자님은 맛있다잖아요."

　목승탁이 일어서며 말했다.

　"흡혈귀의 미각은 오직 피만 느낄 수 있다. 안에 똥이 들었

다고 해도 맛있다고 할 것이다. 음식 낭비하지 말고 따라와
라.”

젓가락을 놓은 도무진이 손수민을 향해 웃으며 말해줬다.

“그래도 보기는 좋았어.”

전혀 위로가 되지 않았다. 막 문을 나서려던 목승탁이 오희
련과 남궁벽을 가리켰다.

“너희 둘은 사냥 나갈 준비해라. 흡혈귀다.”

남궁벽이 물었다.

“저희 둘만 말입니까?”

“그래.”

“저놈은요?”

“너희 둘만이라고 했다.”

* * *

검은 알은 부적이 붙여진 단(壇) 위에 놓여 있었다. 도무진
과 손수민은 두 시진째 알을 지켜보는 중이었다.

처음에는 잡담도 하며 웃기도 했지만 좋은 분위기는 반 시
진 전에 사라졌다.

“저거 부화하기는 하는 거냐?”

“이상하네. 시간이 지났는데. 신마가 사흘이 넘어서 부화

한 적이 없는데."

"그 말은 결국 실패했다는 거네?"

"그렇다고 봐야죠."

예상이라도 한 듯 당연하다는 반응이었다.

"뭐, 이제까지 실패했으니 이번에 성공하는 게 이상한 건지도 모르지. 수고했다."

아무렇지 않게 손수민의 어깨를 두드리고 돌아섰지만 아쉬움은 남았다.

백 년 동안 소중한 어쩌고저쩌고한 목승탁의 말 때문에 생긴 기대 탓이었다.

지하실로 가니 목승탁이 기다리고 있었다.

"늦었구나. 신마는?"

"친구 사귈 팔자는 아닌 것 같군."

목승탁의 얼굴에도 슬쩍 아쉬운 표정이 스쳐 갔다.

속마음을 겉으로 드러내지 않는 목승탁이 저런 표정을 짓는 걸 보면, 목승탁 또한 검은 알에서 어떤 신마가 나올지 어지간히 궁금했던 모양이다.

도무진이 계단을 모두 내려가자 목승탁이 책 한 권을 던졌다. 이제 갓 만든 것으로 보이는 손가락 두 매듭 두께의 책 표지에는 아무것도 적혀 있지 않았다.

"오늘부터는 혼자 익혀야 한다. 전반 삼분의 이는 형(形)과

식(式)이고 나머지는 내공에 관한 것이다. 형식과 내공 모두 하루 두 시진씩 빠지는 날 없이 수련해야 한다."

"어디 가는 모양이지?"

"오래 걸리지는 않을 것이다. 그리고 그 무공을 완벽하게 익힐 때까지 사냥은 금지다."

"남궁벽과 오희련 두 사람만으로는 역부족일 텐데? 엊그제 사냥에서도 두 사람 모두 꽤 힘들었잖아."

"그건 그들의 문제다. 무공의 움직임이 몸에 익지 않은 상태에서는 결국 본능적인 움직임이 나올 수밖에 없다. 그럼 그때까지 익힌 무공이 무용지물이 될 수도 있다."

책장을 주르륵 넘겨 본 도무진이 물었다.

"이 무공 이름은 뭐야? 다들 이름 정도는 있잖아?"

"서생(書生)이었으니 네가 붙여보든가."

목승탁이 나가고 도무진은 의자에 앉아 책을 읽기 시작했다. 기억하고 있던 걸 적은 건지, 목승탁이 창안한 건지는 알 수 없다.

만약 후자라면 목승탁의 능력은 인간의 한계를 뛰어넘은 초인(超人)이라고 봐야 한다.

아무리 대단한 무공을 지녔다고 해도 무공을 창안하는 건 다른 문제이다. 무공의 문외한인 도무진도 그 정도는 알고 있었다.

더구나 이미 흡혈귀로서 강한 도무진을 더 강하게 만드는 무공이라면, 무림의 흔한 무공과는 차원이 다를 것이다.

그건 책 열 장을 넘기기 전에 알 수 있었다.

목승탁의 무공은 원을 근본으로 움직였다. 찌르거나 베는 것도 원을 시작하기 위함이요, 원을 끝내는 동작의 연장선상이기도 했다.

인간이었을 때 신동으로 소문났을뿐더러 흡혈귀가 된 뒤로 감각이 극단적으로 발달한 도무진이다.

움직임을 이해하는 도무진의 능력은 그래서 상상할 수 있는 극단까지 다다라 있었다.

동작을 나타나는 형과 식을 보는 데만도 한참의 시간이 걸렸다. 그리고 내공편으로 넘어간 도무진은 일각 만에 책을 덮었다.

형과 식이 동(動)이라면 내공은 정(停)이다. 철저하게 움직임을 배제하고 자신의 속으로 침잠해 들어가야 한다.

오직 인간만이 가능한 수련이었고 도무진은 불행하게도 인간이 아니다.

흡혈귀로서 도무진은 어떤 인간보다 빠르게 형식을 습득해서 정확하게 펼칠 수 있었다.

하지만 미동도 하지 않고 고요함 속에서 자신을 들여다보는 건 흡혈귀의 성정으로는 절대 불가능했다.

물끄러미 앉아 밖을 보는 건 백 년이고 할 수 있지만 봐야 하는 게 자신의 내면이라면 스치는 시선만으로 폭발해 버릴 것이다.

그걸 알면서도 도무진은 책을 다시 폈다. 쉬운 길만 찾아가면서 최초의 흡혈귀를 죽일 만큼 강해지기를 바라는 건, 복수를 포기하는 것과 다름없었다.

애써 잊으려 했던 이십 년 전 그날의 아픔을 떠올리고 곱씹어서 최초의 흡혈귀에 대한 분노를 끌어 올려야 한다.

그 분노의 힘이 어쩌면 그의 내공으로 돌아올지도 모른다. 어쩌면…….

*   *   *

깡! 깡! 깡!

커다란 망치가 붉게 달궈진 쇠를 때리자 자잘한 불꽃이 퍼졌다. 왕고석(王高席)은 기계처럼 일정한 속도와 힘으로 망치질을 했다.

한참 동안 왕고석의 담금질을 보고 있던 손수민은 가는 한숨과 함께 대장간을 나왔다.

검을 주문한 지 엿새가 지났지만 아직 형태도 만들어지지 않았다. 그렇다고 왕고석이 노는 것도 아니고 사흘 동안 내내 저렇게 담금질만 하고 있었다.

언제 완성되느냐는 물음에 '검이 준비가 되면' 이라는 모호한 말만 내놓았다.

환갑이 갓 지난 오필달(吳必達)이 석등에 불을 붙이고 있었다.

목승탁이 불러서 온 세 사람은 참 대단했다. 그전에는 스무 명이 집안일을 했는데도 항상 바빴는데 저 세 사람은 지부의 모든 관리를 완벽하게 하고 있었다.

물론 그때는 사람이 많아 할 일이 더 많기는 했지만 그때보다 지금이 훨씬 깨끗했고 원활하게 돌아갔다.

눈이 마주치자 손수민이 허리를 숙여 인사를 했고 오필달도 고개를 끄덕여 화답했다.

대화는 거의 없었다. 왕고석 대신 주방을 맡고 있는 배문상(背文上)을 포함한 세 사람은 목승탁만큼이나 말을 아끼는 사람들이었다.

집성전으로 들어가 자신의 방으로 가던 손수민은 목승탁의 집무실 앞을 지나다가 걸음을 멈췄다.

집무실 안에서 무슨 소리가 나는 것 같았다. 주인이 자리를 비운 집무실에 사람이 있을 리 없었다.

쨔지직!

그냥 지나치려는데 이번에 난 소리는 조금 더 컸다.

"안에 누구 있어요?"

대답은 들리지 않고 뭔가 부서지는 소리는 계속 들렸다. 손수민은 조심스럽게 집무실의 문을 열었다.

그녀는 고개만 집어넣어 집무실 안을 봤다. 어둠이 내려앉기는 했지만 아직 짙지 않았고 밖에서 들어오는 빛도 있었다.

그래서 집무실 안쪽 책장까지 시야에 둘 수 있었는데, 움직임을 보이는 건 없었다.

다시 귀를 기울였다. 언제 소리가 들렸냐는 듯 괴괴한 적막만 감돌았다.

환청 따위는 아니었다. 불안이 슬금슬금 밀려들었다. 이미 한 번의 습격을 받았기 때문에 다시 오지 못하리라는 법은 없었다.

'사람들을 불러야 할까?' 라는 생각을 하는데 갑자기 쿵! 하는 소리가 들렸다.

손수민은 깜짝 놀라서 물러났다. 방 안 가득 소리가 울려 퍼져서 어디서 나는 것인지 알 수가 없었다.

쿵! 쿵! 쿵!

연달아 소리가 울리면서 책장이 들썩이더니 책이 우수수 쏟아졌다.

소리가 나는 곳이 금고 안이라는 걸 깨달은 것은, 금고 문이 불룩 튀어나오기 시작한 후였다.

"그… 금고 안에 뭐가 들었지?"

중얼거리고 나서야 입이 쩍 벌어졌다.

"설마!"

나무망치로 쇠를 두드리는 것 같은 소리가 연신 울리니 집무실에서 가장 가까운 방에 있는 남궁벽이 못 들을 수가 없었다.

"이게 무슨 소리야?"

손수민이 떨리는 손으로 금고를 가리켰다.

"저… 저기……."

순간 콰앙! 하는 굉음과 함께 금고 문이 떨어져 나갔다. 자세히 살필 시간도 없었다.

시커먼 뭔가가 덮쳐 오는데 손수민이 할 수 있는 것은 비명을 지르는 것뿐이었다.

"악!"

그런 그녀를 남궁벽이 잡아서 쓰러뜨렸다. 그녀의 위를 '무언가' 가 지나가며 바람이 일었다.

쫘직!

집무실 맞은편 방문이 산산조각으로 부서졌다.

크르르릉!

방안 깊숙한 곳에서 짐승의 성난 소리와 함께 두 개의 푸른 불빛이 보였다.

짐승의 눈 같았는데 스스로 저렇게 반짝일 수 있다는 게 믿기지 않았다.

"저건 뭐야?"

"시… 신마요."

"신마? 헛소리하지 말고 정확히 말해!"

"정말 신마예요! 검은 알에서 이제야 부화한 게 틀림없어요!"

검은 알에 대해서 모르는 남궁벽으로서는 어리둥절한 소리였다. 두 사람이 일어서는데 푸른 눈동자가 훅 가까워졌다.

신마의 알에서 태어나기는 했지만 신마라고 할 수도 없었다. 부화해야 할 날짜도 넘었고, 신마는 저렇듯 포악한 동물이 아니었다.

크앙!

사나운 소리를 지르며 달려드는 '그것'을 보고 손수민은 신마가 아니라고 결론을 내렸다.

한 자 정도 되는 크기에 먹물을 발라놓은 듯 온통 검은색이었다. 이상한 부분이 눈동자뿐이었다면 신마가 아니라고 단정 짓지 않았을 것이다.

쩍 벌린 입 밖으로 드러난 그것은 두 개의 기다란 송곳니였다. 세상에! 말에게 저런 송곳니라니! 아무리 이상한 괴물이 많다고는 하지만 신마의 알에서 태어난 신마가 저런 모습일 수는 없었다.

남궁벽은 정신이 나간 손수민을 끌고 뒤로 몸을 날렸다. 집무실의 한쪽 문을 부수고 들어간 그것이 다시 튀어나왔다.

"도망쳐!"

손수민은 남궁벽이 미는 방향으로 무작정 달렸다. 천재 소리를 들으며 십 년 동안 연구실에서 연구와 공부만 하다가 부푼 꿈을 안고 신야현으로 왔는데 며칠 사이 두 번이나 목숨의 위협을 받다니!

세상에서 가장 험한 곳에 던져져 버린 것 같았다.

퍽!

정신없이 달리다가 뭔가에 부딪쳐서 튕겨져 나갔다. 뒤로 넘어지며 확인한 사람은 손을 뻗는 도무진이었다.

도무진이 그녀의 허리를 잡아 나뒹구는 것을 막아주었다.

"무슨 일이야?"

"으앙!"

지금 이 세상에서 가장 믿을 수 있는 존재를 발견한 안도 때문이었을까? 손수민은 도무진의 가슴에 얼굴을 파묻고 울음을 터뜨렸다.

도무진은 그녀의 머리를 쓰다듬으며 어린 동생에게 그러하듯 다독여 주었다.

"괜찮아. 아무도 널 해치지 않아."

"저기… 신마가… 검은 신마가……!"

"검은 신마? 검은 알이 부화한 거야?"

손수민은 힘차게 고개를 끄덕였다.

"젠장! 거기서 뭐하는 거야!"

모퉁이를 돌아온 남궁벽이 도무진을 보고 소리를 질렀다. 팔소매는 뜯겨 나갔고 바지 한쪽도 길게 찢어져 언뜻 피가 보였다.

손수민을 뒤로 보낸 도무진이 앞으로 나갔다. 남궁벽을 쫓아온 검은 신마가 제 속도를 이기지 못하고 모퉁이 벽에 세게 부딪쳤다.

벽이 움푹 꺼지고 뒷걸음을 친 신마는 어지러운 듯 머리를 이리저리 흔들었다.

이빨과 파랗게 빛나는 눈만 아니라면 긴 갈기가 멋진 작은 흑마의 모습 그대로였다.

"귀여운데?"

도무진의 말에 남궁벽이 버럭 소리를 질렀다.

"너도 할퀴고 물려봐라! 귀엽다는 소리가 나오나!"

흑마의 고개가 그들 쪽으로 향했다. 몸을 낮게 숙이고 이빨을 한차례 드러낸 흑마가 돌진해 들어왔다.

앞에 있던 남궁벽은 뒤로 물러서고 그 자리를 도무진이 차지했다.

신마는 하얀 이빨을 세우고 도무진을 향해 뛰어올랐다. 도무진은 팔을 들어 얼굴로 향하는 신마의 이빨을 막았다.

신마의 이빨이 도무진의 팔뚝을 파고들었다. 도무진은 그런 신마의 목덜미를 쥐고 파란 눈을 똑바로 응시했다.

마치 눈싸움을 하듯 도무진과 신마는 그 자세로 꼼짝도 하지 않았다.

"저건 뭐야?"

갑자기 들려온 목소리에 깜짝 놀라 고개를 돌리니 얇은 잠옷을 걸친 오희련이 바로 뒤에 와 있었다. 손수민은 모기 날갯짓보다 작은 목소리로 말했다.

"황태자님 신마예요."

"저게 신마라고?"

"네. 알일 때부터 이상했는데… 아무튼 죄다 이상한 녀석이에요. 말이 아니라 완전 맹수라니까요."

"귀여운걸?"

"황태자님 팔에서 떨어지는 저 피를 보고도 그런 소리가 나오세요?"

"뭐, 상처는 금방 나으니까."

남궁벽이 던지듯 말했다.

"변태잖아."

"번데기 주제에."

"네가 봤어?"

"쉿! 지금 두 분이 싸울 때예요?"

"변태."

"번데기."

그들이 티격태격하는 사이 도무진의 움직임이 보였다. 천천히 들어 올린 오른손에는 흑마가 대롱대롱 매달려 있었다.

그토록 사납게 보이던 송곳니는 자취를 감췄고 귀기 어렸던 푸른 눈빛은 커다랗고 순한 망아지 특유의 검은 눈동자로 바뀌어 있었다.

도무진이 신마를 품에 안고 돌아섰다. 신마는 그런 도무진의 얼굴을 연신 핥아댔다.

그 모습에 오희련이 풋! 웃었다.

"망아지가 아니라 강아지 같은데?"

"저거 언제 돌변할지 모르니 철창에 가둬야 한다."

손수민이 눈을 동그랗게 떴다.

"저렇게 귀여운 애를요?"

"방금 전까지 우릴 죽이려고 했잖아! 기억 안 나?"

"황태자님! 이제 괜찮은 거죠?"

도무진은 대답 대신 신마를 내려놓았다. 몸을 한 번 턴 신마는 또각또각 걸어오더니 심드렁한 표정으로 남궁벽을 지나쳐 손수민의 다리에 얼굴을 문질렀다.

친근함을 표시하는 동물의 몸짓 그대로였다. 손수민이 신마의 머리를 쓰다듬으며 남궁벽에게 말했다.

"봐요. 순해졌잖아요."

"역시 전출 신청을 해야 했어."

*   *   *

촤악!

던져진 그물은 힘겹게 산등성이를 올라가는 모녀(母女)의 위로 떨어졌다.

"악!"

예닐곱 살 정도로 보이는 여자아이의 입에서 뾰족한 비명이 터졌다.

두 사람은 그물을 걷어내려 발버둥을 쳐 보지만 그럴수록 촘촘하게 얽힌 그물은 두 사람을 더욱 옥죄었다.

무엇으로 만들었는지 그물은 살갗을 파고들어 피까지 흘리게 만들었다.

"흐흐흐… 드디어 잡았군."

나방서(羅方徐)는 손에 부적을 쥐고 모녀를 향해 다가갔다. 뒤에서 칼을 들고 따라오는 서가락(徐可樂)이 말했다.

"조심해. 아직 완전히 잡은 건 아니니까."

"귀혼지망(鬼魂之網)에 걸린 이상 어떤 세해귀도 빠져나가지 못해. 거기다……."

나방서는 다른 쪽 비탈에서 올라와 화살을 겨누고 있는 소은동(蘇銀東)을 가리켰다.

"폭뢰전(爆雷箭)까지 준비했는데 뭐가 걱정이야?"

그물에 갇힌 여인이 울음 섞인 목소리로 애원을 했다.

"제발 우릴 그냥… 놔주세요."

"흐흐흐… 꼭 사람처럼 말하는구나. 쩝! 기막힌 미모인데 정말 사람이었으면 좋았을걸."

"사람이었으면 은자 이천 냥의 값어치도 없었겠지."

여인은 계속 풀어달라고 애원을 하고 아이는 겁에 질려 울음을 터뜨리고 있었다.

서가락이 나방서를 재촉했다.

"시끄러우니까 빨리 끝내고 가자."

나방서는 이혼부(移魂符)를 여인의 이마에 붙이려 했다. 혼과 육체의 연결을 끊는 이혼부를 아는지 여인은 부적을 피하려고 고개를 마구 저었다.

"안 돼! 그것만은 제발!"

하지만 옥죄는 그물에 걸려 얼굴만 찢어졌을 뿐 결국 이혼부를 피하지는 못했다.

"엄마! 엉엉! 엄마!"

여자아이는 눈을 크게 뜬 채 정신을 잃어가는 여인을 붙잡
고 울음을 터뜨렸다.

"저 아이는?"

서가락의 물음에 나방서는 심드렁하게 대꾸했다.

"위험할 것 없으니 그냥 데려가면 돼."

굵은 침을 삼킨 서가락이 물었다.

"내가 가져도 돼?"

"변태 새끼. 네 몫을 좀 줄이면……."

"백 냥."

대답은 지체 없이 나왔다.

"좋아."

여인이 축 늘어진 것을 확인한 나방서는 그물을 걷으려고
했다. 그때 소은동이 내리려던 활을 재빨리 들며 소리쳤다.

"기다려!"

놀라서 손을 움츠리는 나방서의 눈에 조금씩 꿈틀거리는
여인이 보였다.

"분명 이혼부를 붙였는데……."

여인의 머리가 움직였다. 고개를 천천히 돌린 여인은 검은
눈동자 없이 하얗게 탈색된 눈으로 나방서를 노려봤다.

[기어코 네가 나를 깨웠구나.]

나방서가 놀라서 물러나는데 여인의 엉덩이에서 부챗살처

럼 꼬리가 퍼졌다.

황금빛의 꼬리는 무려 여섯 개나 되었다.

서가락이 나방서에게 소리쳤다.

"어… 어떻게 된 거야? 두 개짜리라고 했잖아?"

"씨발! 분명 그 정도로밖에 측정되지 않았다고!"

여인이 일어나자 그토록 단단했던 귀혼지망이 불에 닿은 얼음처럼 녹아내렸다.

"쏴! 어서 쏴라고!"

서가락의 외침과 동시에 폭뢰전이 발사됐다. 여인의 모습을 한 꼬리 여섯 개의 육미호(六尾狐) 바로 위에서 폭뢰전이 터졌다.

폭죽을 터뜨린 것처럼 사납게 터진 폭뢰전에서 머리카락처럼 가는 침이 튀어나와 육미호와 아이에게 쏟아졌다.

하지만 그것 역시 귀혼지망과 다를 바 없이 단 한 개도 적중시키지 못한 채 허공에서 하얀 연기로 증발해 버렸다.

여인이 일어서자 여섯 개의 꼬리가 하늘로 꼿꼿하게 향한 채 하늘하늘 흔들렸다.

[인간들이여, 인간들이여 왜 이리 어리석단 말이냐?]

"도망쳐!"

세 사람은 저마다 다른 방향으로 몸을 날렸지만 그들 중 누구도 육미호의 손을 벗어나지 못했다.

양손을 펼치자 손가락 끝에서 거미줄의 그것과 흡사한 줄
이 튀어나와 세 사람을 묶어버렸다.

"사… 살려줘!"

여인의 애원이 그들에게 효과가 없었듯, 그들의 구차함도
의미가 없었다.

육미호의 손이 위아래로 작게 끄덕였을 뿐인데 세 사람의
몸은 그대로 반 토막이 났다.

피와 내장이 섞여 쏟아지며 역한 피비린내가 진동했다.

육미호는 정신을 잃은 아이를 안아 들고 맑은 하늘을 봤다.

[삼백 년의 공이 이렇게 무너지다니. 호호호호!]

＊　　＊　　＊

쾅!

도무진의 주먹에 맞은 지하실 벽이 움푹 파이며 자잘한 돌
멩이를 토해냈다.

벽에는 이미 수십 개의 자국이 나 있었고 거기에 하나가 더
추가된다고 도무진의 기분이 나아지지는 않았다.

오늘만 벌써 세 번째였다. 흡혈귀의 모습으로 변해서 가부
좌를 틀고 앉았지만 그때마다 일각을 넘기기가 힘들었다.

흡혈귀에게 이런 인내를 기대하는 건 호랑이에게 채식을

하라는 것과 다를 바 없었다.

내공을 수련한 지 보름이 지났으나 그는 여전히 일각을 넘기지 못했다. 보름 전에 비해 단 한 발짝도 나가지 못한 결과였다.

무작정 시도를 해본다고 달라질 것은 없었다.

돌파구가 보이지 않았다.

"빌어먹을 지부장!"

벽 외에는 화풀이할 곳도 마땅찮았다. 벽원공(壁圓功)이라고 이름 붙인 책은 이미 사흘 전에 갈기갈기 찢어져서 사라져 버렸다.

내용은 다 외웠으니 화풀이 용도로 제 쓸모를 다했다.

화가 쉽게 가라앉지 않는 건 가야 할 길이 보이지 않기 때문이다. 이처럼 이정표가 절실히 필요한 적은 처음이었다.

쿵! 쿵!

애써 마음을 가라앉히고 있는데 지하실 문을 두드리는 소리가 들렸다.

도무진이 무공을 익히기 시작한 후로 지하실 문을 열 수 있는 사람은 도무진과 목승탁으로 한정되었다.

그래서인지 아무도 접근하려고 하지 않았는데 급한 일이 생긴 모양이다.

무공 외에 마음 쓸 곳이 생겼다는 자체만으로 기뻐서 계단을 성큼성큼 올라가 문을 열었다.

문을 두드린 사람은 상기된 표정의 손수민이었다.

"저기… 당분간 사냥을 나가지 않는다는 건 알지만… 워낙 강한 세해귀가 나타나서요."

"뭔데?"

"여우요. 구미호(九尾狐)까지는 아닌데 연락이 온 바로는 칠 등급인 것으로 보아 육미호 정도 될 것 같아요. 그 정도면 벽 오라버니와 희련 언니 둘만으로는 벅차잖아요. 벽 오라버니는 한사코 알리지 말라고 했지만……."

"가자."

지하실에 머문다고 내공을 익힐 수 있는 것도 아니고 차라리 사냥을 나가는 것이 나을 것 같았다.

도무진이 잰걸음을 옮기자 손수민이 서둘러 따라오며 말했다.

"그런데 수혼(守魂)은 너무 어려서 탈 수가 없는데 어떡하죠?"

도무진은 검은 신마에게 수혼이라는 이름을 붙여주었다. 혼을 지키라는 그 이름은 흡혈귀가 된 도무진에게 가장 절실한 일인지 모르기 때문이다.

"희련이하고 함께 타고 가면 되지."

"신마는 주인 아니면 태우질 않는데… 그리고 검도 아직 준비가 안 됐어요."

"검이라니?"

"모르셨어요? 지부장님께서 이상한 검을 만들라고 하셨는데. 전 황태자님 드리려고 하는 줄 알았죠. 검 만드는 게 이렇게 오래 걸리는 일인지 몰랐어요."

벽원검법의 동작을 다 외우기는 했지만 머릿속에 있는 것과 몸이 완전히 받아들이는 건 다른 문제였다.

어설프기 그지없는 벽원검법으로 싸우느니 흡혈귀의 본능을 믿는 것이 나았다. 그러니 당장 검은 필요 없었다.

물론 목승탁은 펄쩍 뛰겠지만.

방에서 색안경을 가지고 나오자 신마에 오르는 남궁벽과 오희련이 보였다.

"어? 오라버니! 어인 일로 나오셨나요?"

오희련이 반가운 얼굴로 특유의 눈웃음을 지은 반면 남궁벽의 인상은 와락 구겨졌다.

"우리만으로 충분하니까 넌 지하실에 처박혀 있어! 뭐하는지 모르지만."

도무진이 오희련에게 물었다.

"함께 타도 되지?"

"저야 좋지만 우리 설운(雪雲)이가 허락하지 않을걸요?"

색안경을 벗은 도무진은 설운의 앞으로 가서 양손으로 얼굴을 잡고 눈을 마주쳤다.

사람들은 이상하게 생각하겠지만 도무진은 세해귀가 아닌 영물(靈物)과는 교감을 할 수 있었다.

언어를 통한 것이 아니라 서로의 기분을 편편하게 맞추는 것 같은 느낌이다. 물이 많은 양동이를 빈 양동이에 기울여 수평이 되게 만드는 것처럼 말이다.

그럼 영물은 그를 친구로 받아들였고 설운 또한 마찬가지였다. 설운이 푸르륵거리며 고개를 끄덕이자 도무진이 오희련의 뒤에 올라탔다.

"어떻게 한 거예요?"

"흡혈귀의 많은 능력 중 하나지."

"그중에 제일은 밤에 발휘되는 것이고요?"

"밤과 흡혈귀는 떼려야 뗄 수 없는 관계니까."

"제발 그런 얘기는……! 으… 관두자."

먼저 출발한 남궁벽의 뒤로 설운이 바짝 따라붙었다. 두 사람을 태웠는데도 속도는 전혀 느려지지 않았다.

워낙 빨라서 지나치는 숲이 온통 초록색으로 엉켜서 보였다.

"어딘지는 정확히 알고 있는 거야?"

도무진의 물음에 답하듯 머리 위에서 끼아악! 하는 귀기탐응의 울음소리가 들렸다.

한 마리가 낮게 날아 그들을 안내하는데 또 한 마리의 귀기
탐웅이 나타났다.

"귀기탐웅이 두 마리가 출동한 적은 없는데?"

새로 나타난 녀석은 도무진의 곁에서 딱 붙어 날았다. 오랜
만에 만나서 반가운 듯 나무 사이를 빠져나가며 곡예를 부리
는 게 재롱을 떠는 것 같았다.

"오라버니 귀기탐웅도 키워요?"

"혼자 잘 크더군."

"호호호! 영물들하고 꽤 친하네요."

확실히 사람들보다 영물이 편하기는 했다.

"그런데 인호(人狐)에 대해서는 알고 가는 거냐?"

"네. 하지만 싸워본 적은 없어요. 오라버니는요?"

"나도 얘기만 들었지. 워낙 귀한 세해귀고 모습도 잘 드러
내지 않으니까. 그리고 난 인호가 왜 세해귀로 분류되어야 하
는지 잘 모르겠다."

"왜요? 인간을 유혹해서 간을 빼먹잖아요?"

"그건 극히 일부에 지나지 않는다. 그리고 대부분 무리하
게 사냥을 하려고 한 인간의 잘못이 크지. 인호는 태생적으로
인간을 해치기 어려운 동물이다. 그들의 궁극적인 목표는 결
국 인간이 되는 것이니까. 인명을 해치지 않고 오랜 세월 도
를 닦아야 비로소 인간이 될 수 있는데, 그 경지가 구미호지."

"그렇게 인간이 되어 신선(神仙)으로 향한다는데 사실 그건 전설에 가깝잖아요?"

"지금까지 확인된 건 없으니 신뢰하기 힘들지만 인간이 되려고 엄청나게 노력하는 건 사실이다. 어떤 면에서 인호는 세해귀 중 가장 특이한 세해귀라고 할 수 있지."

"왜요?"

"인간의 형상을 한 모든 세해귀는 원래 인간이었다. 흡혈 귀도 그렇고, 인랑이나 형태변환자도 마찬가지지. 하지만 인호만은 원래 여우가 사람의 형상으로 변한 것이니 그 하나만으로 특이하다고 할 수 있지."

"어쨌든 이미 사람을 해쳤으니 이 인호는 사람 되기는 틀렸어요. 수련을 하다가 실패한 후 다시 수련을 시작한 인호는 들어본 적이 없으니까요."

지나온 세월이 무너진 절망은 앞으로 나아갈 수 있는 희망의 힘을 앗아가게 마련이다.

근 한 시진 반을 달렸다. 하남성에서만 지부 세 개가 괴멸되어 그들이 책임져야 할 범위가 넓어진 탓이었다.

아무리 신마라도 쉬지 않고 한 시진 반을 달렸으니 숨이 거칠어질 수밖에 없었다.

두 명을 태운 설운과 남궁벽의 사이가 점점 멀어질 때쯤 뭔가를 발견할 수 있는 현장에 도착했다.

녹아버린 그물의 잔해와 부러진 폭뢰전은 괴물 사냥꾼의 흔적이었다.

특히 인호라면 괴물 사냥꾼들이 가장 좋아하는 사냥감이다. 잡기는 어렵지만 인호의 꼬리는 비싼 값에 팔리는, 약초꾼들에게 산삼이나 마찬가지인 귀물이다.

"괴물 사냥꾼이 당할 수 있는 최악의 경우를 맞았군."

근처를 살피던 남궁벽이 두 동강이 난 시체를 내려다보며 그렇게 말했다.

총 세 구의 시체는 각각 다른 방향에서 거의 비슷한 모습으로 죽어 있었다.

하늘의 귀기탐웅은 다른 곳으로 가지 않고 그들의 머리 위만 맴도는 중이었다.

"인호의 흔적을 놓친 것 같군."

"다시 인간의 모습으로 돌아가면 귀기탐웅이라도 찾기가 힘드니까요."

그물이 녹은 자리를 살피던 도무진은 낙엽이 눌린 흔적으로 혼자가 아니라는 걸 알아냈다.

"둘이군. 하나는 작아."

"새끼일까요?"

도무진은 쓴웃음을 지었다.

"사람의 모습으로 탈바꿈할 수 있는 인호는 같은 여우와

교미를 하지 않아. 상대는 언제나 인간이지. 만약 자신의 아이라면… 인간일까, 짐승일까?'

남궁벽이 산 위쪽을 바라보며 차갑게 말했다.

"세해귀."

순혈주의(純血主義)라고 해야 하나? 반은 인간임에도 인간은 절대 그 반을 인정하지 않는다.

남궁벽이 특별히 완고해서가 아니라 대부분의 인간이 그렇다.

"저쪽이군."

남궁벽이 먼저 등성이를 올라갔다. 세해귀를 쫓아야 하는 만민수호문의 문도는, 그래서 모두가 뛰어난 사냥꾼이다.

굳이 뛰어나지 않더라도 지우려고 노력하지 않은 인호의 흔적을 쫓는 건 그리 어렵지 않았다.

귀기탐응이 허공에서 계속 맴돌고 있었기 때문에 인호가 변화를 하면 바로 알려줄 것이다.

계속 변하지 않고 인간의 모습으로 남아 있을 경우 만나는 건 시간문제였다.

도무진의 귀기탐응은 어깨에 앉아서 쉬는 중이었다. 날개를 다쳤었던 녀석은 보통의 귀기탐응처럼 오래 날 수 없었다.

만약 녀석이 만민수호문으로 갔다면 쓸모가 줄어들었다는 이유로 벌써 죽었을 것이다.

갈수록 험해지는 산길은 신마가 오를 수 없는 지경까지 이르렀다. 결국 신마에서 내려 필요한 물품을 챙긴 그들은 산을 오르기 시작했다.

도무진이나 무공을 익힌 남궁벽은 산을 오르는 데 그리 어려움이 없었으나 오희련에게는 꽤나 힘든 산행이었다.

일 장이 넘는 절벽을 기어오르고 급격한 경사를 오르내리는 일은, 아무리 범인보다 강한 체력을 가진 오희련이라도 꽤나 힘들었다.

거기다 자존심 강한 그녀는 도무진의 도움도 거절하고 꿋꿋이 산을 올랐다.

울창한 숲으로 덮인 산을 허위허위 오르다 남궁벽이 바위에 엉덩이를 걸쳤다.

"좀 쉬자."

그는 긴 한숨과 함께 이마에 흐른 땀을 닦으며 힘든 표정을 지었지만 실은 오희련을 배려한 휴식이었다.

"제대로 쫓고… 있는 거야?"

그녀는 질문을 던지고 대나무 통을 꺼내 물을 마셨다.

"그래. 놓치지 않을 테니 걱정 마라."

"인호는 인간의 모습에 아이까지 데리고 있잖아? 그런데 이 험한 곳을 인호로 변하지도 않고 올랐단 말이야?"

확실히 이상하기는 했다. 그렇다고 누가 도와준 흔적은 찾을 수 없었다.

"보이는 대로 따라갈 뿐이야."

잠시 숨을 고른 후 다시 산을 올랐다. 우거진 숲을 헤치고 작은 계곡을 건너 나무가 없는 바위 지대에 들어섰다.

바위에 묻은 진흙을 손으로 만진 남궁벽이 중얼거렸다.

"지나간 지 얼마 되지 않았어."

흔적은 왼쪽 아래 경사진 비탈로 향해 있었다. 그들이 막 이동하려 할 때 몸을 돌리던 도무진의 움직임이 거짓말처럼 멎었다.

그의 시선은 위쪽을 향해 있었다.

"왜 그래요?"

오희련이 물음을 던지며 위를 봤고 남궁벽의 시선도 같은 곳으로 모아졌다.

이십 장쯤 떨어져 있는 바위 위에 한 사람이 서 있었다.

"공."

제6장
사루

각진 턱을 움직여 만든 웃음은 도무진을 비웃는 것처럼 보였다. 인호를 잡으러 왔지만 공을 발견하고 모른 척할 수는 없었다.

올라가려는 도무진에게 오희련이 말했다.

"하필 이때 왜 저 사람이 나타난 거죠?"

우연일 가능성은 희박하다.

"어쩌면 저자도 인호를 잡으러 온 것일 수도 있지."

세해귀와 한솥밥을 먹고 있으니 남궁벽의 예상이 맞을 수도 있었다.

그때 머리 위를 날고 있던 귀기탐웅이 특유의 소리를 지르며 왼쪽으로 날아갔다.

모두의 시선이 날아가는 귀기탐웅에게 모아졌다. 도무진의 어깨에 앉아 있던 귀기탐웅 또한 날개를 퍼덕여 하늘로 향했다.

"인호를 발견한 모양이야!"

그들은 잠시 그 자리에서 움직이지 못했다. 저 위에서는 공이 그들을 내려다보고 있었고 귀기탐웅은 인호를 찾아냈다.

사실 도무진에게 인호는 별 관심이 없는 대상이다. 굳이 인호를 잡을 필요성도 느끼지 못했다.

하지만 공은 다르다. 그가 만민수호문에 투신하게 만든 결정적인 역할을 한 공에 대한 분노는 아직도 남아 있었다.

도무진은 두 사람에게 말도 없이 공을 향해 몸을 날렸다.

"이봐!"

"오라버니!"

두 사람의 부름은 도무진의 걸음을 늦추지도 못했다. 도무진이 공에 대해 감정을 가지고 있듯, 그들 두 사람은 인호를 잡을 의무가 있다.

결국 그들은 귀기탐웅이 날아간 방향을 향해 달렸다.

경사가 급하기는 했지만 공을 향해 몸을 날리는 도무진의 속도는 빨랐다.

거리를 좁혀오는 것을 지켜보던 공이 바위 너머로 사라졌다. 몇 번의 도약으로 공이 있던 자리에 다다른 도무진은 사방을 둘러보았다.

발 아래로 울창한 숲이 펼쳐져 있는 그곳은 바위 지대였다.

후각과 청각을 이용해 주변을 살핀 도무진은 더 위쪽으로 달려갔다.

바위로 만들어진 땅은 꼭대기까지 이어져 있었다. 볼록 솟아 있는 정상에 다다른 도무진은 왼쪽 방향에 서 있는 공을 발견했다.

두 사람은 중앙이 움푹 파였고 그들이 서 있는 자리만 우뚝 솟은 낙타의 등 같은 지형 양쪽에 서 있었다.

거리는 오 장밖에 되지 않았기 때문에 한 번 도약으로 충분했다. 바람이 둘의 옷자락을 거칠게 흔들었다.

"내가 이곳에 온 것이 우연은 아니겠지?"

"이게 우연이라고 생각한다면 지나치게 순진한 거겠지."

도무진은 남궁벽과 오희련이 간 방향으로 눈길을 돌렸다.

"인호는 함정인가?"

"글쎄. 그들을 걱정하는 건 아니겠지?"

공의 대답을 피한 채 다시 질문을 던졌다.

"날 이곳으로 유인한 까닭은?"

"이제 그만 정신을 차리고 집으로 돌아오라는 거지."

"나도 모르는 내 집을 귀인문이 마련한 건가?"

"정말 만민수호문이 흡혈귀를 진정한 동료로 받아줄 거라고 생각하느냐?"

"동료는 관심 없다."

"그래, 네 관심사는 오직 복수겠지. 그다음에는?"

"그때 생각해도 늦지 않아."

"우리가 네 복수를 할 수 있게 도와준다면 우리와 손을 잡을 테냐?"

"아니. 두 번 속는 바보가 되고 싶지는 않아. 네게 받아야 할 빚도 있고."

"대의를 위한 일인데 너무 개인적인 감정을 갖는군."

도무진은 몸을 움츠리며 말했다.

"난 항상 개인적이야!"

땅을 박찼다. 허공을 가르는 사이 송곳니가 튀어나오고 긴 손톱이 모습을 드러냈다. 근육은 잔뜩 팽창해서 옷을 찢고 나올 것 같았다.

공이 짧은 주문과 함께 부적을 던졌다. 날아오는 부적을 향해 도무진이 팔을 휘두르는데 부적이 손톱에 닿기도 전에 퍽! 소리와 함께 터졌다.

수백 조각으로 찢어진 부적은 그 하나하나가 유리 같은 파편이 되어 도무진을 향해 쏟아졌다.

손으로 황급히 얼굴과 심장을 보호했다. 부적의 파편은 강철보다 단단해서 도무진을 뚫고 지나갔다.

이를 악물고 고통을 참은 도무진은 공을 향해 떨어졌다.

"신귀합기암(神鬼合氣暗) 풍(風)!"

갑자기 거센 바람이 도무진을 밀어냈다. 허공에 뜬 상태였기에 바람에 버틸 힘을 얻을 수가 없었다.

홀홀 날아간 도무진은 그들 사이에 있던 골짜기로 떨어졌다. 바람 때문에 중심을 잡을 수가 없어서 등부터 내동댕이쳐졌다.

"큭!"

삼 장 높이에서 울퉁불퉁한 바위 지대에 떨어졌으니 꽤나 고통스러운 추락이었다.

뾰족한 바위에 등이 찔려 피가 흘렀지만 도무진은 아랑곳하지 않고 땅을 박찼다.

바위에 손톱을 꽂아 넣은 후 힘을 주자 비상하는 새처럼 위로 쭉 올라갔다.

주문과 함께 부적이 날아왔다. 바위에 손톱을 밀어 넣은 도무진은 부적을 피해 우측으로 몸을 날렸다.

쏘아진 부적은 도무진을 따라 길게 늘어지더니 놀랍도록 빠른 속도로 따라붙어 몸을 휘감았다.

"승(昇)!"

부적의 끈에 묶인 도무진의 몸이 위로 솟구쳤다. 양팔과 몸통이 함께 묶여서 옴짝달싹할 수가 없었다.

하늘 높이 치솟은 도무진은 공이 있는 바위로 떨어졌다. 누가 메다꽂은 것처럼 거칠게 땅을 굴렀다.

끈을 끊으려고 몸부림치는 도무진을 향해 공이 다가왔다.

"햇빛 아래서 자유롭고 자신보다 오래 산 흡혈귀를 처치하는 네가 조금 특별한 흡혈귀라는 건 인정하마. 하지만 약해 빠졌어. 그런 널 왜 기어코 죽이려고 하는지 모르겠군."

공의 말은 도무진을 죽이는 게 순전히 자신의 의지만은 아니라는 뜻이다. 도무진이 모르는 뭔가가 있었다.

"내가 죽기를 그토록 원하는 자가 누구냐?"

"알아봤자 저승 가는 길에 심란하기만 할 뿐이지."

공의 손에 쥐어진 부적이 길게 늘어났다. 누런색 종이에 붉은 문양이 그려졌던 부적은 빛을 받아 하얗게 반짝이는 검으로 변했다.

"아무리 최초의 흡혈귀의 능력을 받았다고는 하지만 목이 떨어지면 절대 살 수 없지."

높이 올려진 검이 햇빛을 받아 노란빛을 토해냈다.

*　　　*　　　*

누에의 실처럼 부드럽고 하얀 머리칼이 바람에 하늘하늘 흔들렸다. 탈색된 하얀 피부에 손톱은 세 치 길이로 자라 있었다.

인호는 그 모습으로 남궁벽과 오희련을 맞았다.

[어찌 인간들은 날 가만두지 않는 것이냐?]

입을 벌리지 않았는데 목소리는 온몸으로 말하는 것 같은 울림으로 퍼졌다.

남궁벽은 검을 빼며 말했다.

"네가 세해귀이기 때문이지."

[오만한 인간들! 진정으로 세상에 해를 끼치는 건 너희들이거늘!]

"우린 사람 간을 빼먹지는 않아."

[호호호호! 세상에 죽지 말아야 할 건 인간뿐이란 말이냐? 오만하고 야비한 것들!]

"인간이 되려고 기를 쓰는 인호가 하기에 적당한 말은 아니군."

인호가 긴 한숨을 쉬었다.

[그것이 우리에게 내려진 가장 큰 형벌이겠지. 하지만 오늘로써 끝이다. 날 그냥 놔뒀으면 평화로웠을 것을. 나라는 재앙은 너희 인간들이 자초한 것이니 원망을 하려거든 너희 스스로에게 해라.]

인호의 하얀 머리칼이 하늘로 치솟았고 여섯 개의 꼬리는 부챗살처럼 퍼졌다.

남궁벽의 검에 아지랑이 같은 검기가 일 때 오희련의 부적은 허공을 날고 있었다.

"태양유명(太陽幽冥) 이사오형(以使吾形) 창(昶)!"

날아가던 부적이 인호의 앞에서 펑! 터지며 밝은 빛을 쏟아냈다. 인호가 있는 방향으로만 퍼지는 빛은 대낮임에도 불구하고 눈을 뜰 수 없게 할 만큼 밝았다.

양팔을 들어 올린 인호가 고개를 돌리며 눈을 감았다. 그틈을 놓치지 않고 남궁벽이 땅을 박찼다.

사 장 간격은 순식간에 좁혀지고 검은 인호의 어깨를 향해 비스듬히 그어졌다.

단숨에 끝났다고 느낀 순간 인호의 신형이 얼음에서 그러하듯 뒤로 미끄러졌다.

남궁벽의 검은 물러나며 펄럭인 인호의 옷고름만 잘랐을 뿐이다. 그리고 반격이 시작되었다.

곧추세운 인호의 손가락 끝에서 거미줄 같은 것이 쏘아졌다. 다시 공격을 들어가려던 남궁벽은 일단 방어부터 해야 했다.

검이 어지럽게 움직였다. 남궁세가의 검공 중 방어에 가장 큰 위력을 발휘하는 천풍검법(天風劍法)상의 초식인 화양연 수(化洋然水)였다.

검에 부딪친 줄이 조각조각 끊어졌다. 오른손의 줄은 남궁벽을 향했고 왼손의 줄은 오희련을 공격했다.

오희련은 재빨리 부적을 허공에 던졌다.

"양명지정(陽明之精) 화(火)!"

오희련 앞에서 불의 회오리가 일면서 날아오는 줄을 태워버렸다. 줄을 끊은 남궁벽이 다시 인호를 향해 몸을 날렸고 부적은 오희련의 손을 떠났다.

쿵!

인호가 오른발을 힘껏 구르자 바닥의 돌멩이가 일제히 튀어 올랐다.

남궁벽은 어지럽게 발을 놀려 돌멩이를 쳐 냈다. 떠오른 돌멩이의 위력은 그리 대단할 건 없었다.

인호의 진짜 공격은 다음에 이어졌다. 제자리에서 빙글 회전을 한 인호의 머리칼이 돌멩이를 때렸다.

수많은 머리칼은 주변에 있는 돌멩이를 남궁벽과 오희련을 향해 날렸다.

"헙!"

남궁벽이 급한 숨을 들이쉴 정도로 돌멩이의 속도는 빨랐다. 황급히 검을 휘둘렀지만 완벽하게 막지는 못해서 어깨와 허벅지에 돌멩이가 틀어박혔다.

짧은 신음과 함께 남궁벽이 뒤로 날아가고 오희련이 일으
킨 불의 회오리는 돌멩이와 충돌해서 산산조각으로 부서졌
다.

인호는 미끄러지듯 남궁벽과의 거리를 좁혔다. 공간을 없
애는 것 같은 인호의 속도는 믿을 수 없을 정도로 빨랐다.

가까스로 중심을 잡는 남궁벽의 얼굴을 향해 인호의 긴 손
톱이 휘둘러졌다.

황급히 검을 들어 막는데 옆구리에 화끈한 통증이 느껴졌
다. 인호의 다른 쪽 손톱이 파고든 것이다.

"크윽!"

신음을 터뜨리는 남궁벽의 가슴으로 다시 손톱이 찔러졌다.

*　　　*　　　*

도무진은 머리와 다리로 몸을 튕겼다. 공이 내려친 검이 뒤
쪽으로 넘어가고 도무진은 온몸으로 공을 덮쳤다.

공은 뒤로 나뒹굴었고 도무진은 거칠게 땅에 부딪쳤다. 그
와중에 도무진은 느슨해진 끈 사이로 손톱을 집어넣어 끈을
끊었다.

벌떡 일어서는데 뭔가가 얼굴을 향해 날아왔다. 보지도 않
고 허리를 뒤로 젖혔다.

우웅!

폭이 한 자는 되는 회전하는 톱날이었다. 가까스로 공격을 피한 후 공을 향해 가려던 도무진은 뒤통수에 느껴지는 서늘한 감각에 다시 몸을 숙여야 했다.

펄럭이는 머리칼을 자른 톱날이 그와 공의 사이에서 멈췄다.

공의 손짓에 따라 허공에 둥둥 뜬 톱날이 위협적인 소리를 토해냈다.

술법사들은 부적을 이용하거나 혹은 진언(眞言)만을 이용해 갖가지 술법을 펼치는데, 그 수준이 높아질수록 가장 큰 위력을 낼 수 있는 술법의 종류를 깨닫게 된다.

공은 부적을 무기로 사용할 수 있는 종류의 술법에 특화된 것 같았다.

"더 놀아주고 싶지만 나도 시간이 없구나."

공의 손에서 다시 한 장의 부적이 떠났다. 그러더니 그 부적은 허공에서 회전하는 톱날로 변했다.

하나도 상대하기 까다로운데 두 개로 늘어버렸다. 공이 두 개를 하나처럼 능숙하게 사용한다면 힘든 싸움이 될 것이다.

도무진은 먼저 땅을 박찼다. 가장 보호해야 할 곳은 목이다. 살이 파이거나 뼈가 부러져도 괜찮다. 팔다리가 잘려도 다시 붙일 수 있고 그게 불가능하면 떨어진 도마뱀의 꼬리처럼 새롭게 자라난다.

하지만 머리는 대체 불가다.

와우웅!

톱날 두 개가 각각 목과 허리를 향해 쏘아졌다. 순간 '허리는 잘려도 될까?'라는 생각이 뇌리를 스쳤다.

한 번도 몸이 두 조각으로 나뉜 적이 없었다. 도무진은 양팔을 벌려 두 개의 륜을 쳐 냈다.

부적으로 만든 륜인데 강철의 그것과 느낌이 다르지 않았다. 손톱에 부딪친 륜은 잠깐 물러나는 듯했지만 이내 처음보다 더욱 빠른 속도로 돌아왔다.

일단 두 개의 륜을 멀리 보낸 후 순식간에 공을 죽여야 한다. 륜과 계속 실랑이를 벌이는 것은 하등 도움이 되지 않았다.

도무진은 양쪽에서 다가오는 륜이 거의 다다랐을 때 갑자기 뒤로 물러섰다. 륜이 앞을 스치는 순간 양팔을 위로 크게 휘둘렀다.

카앙!

손톱에 부딪친 륜이 하늘로 튀어 올랐다. 그 순간 자세를 낮춘 도무진은 공을 향해 달렸다.

멀리 튀어나간 륜이 아무리 빨리 돌아와도 그가 공에게 닿을 때까지는 절대 공격을 할 수 없었다.

그런데 류은 두 개가 아니었다. 공은 어느새 새로운 류을 두 개나 더 만들어내서 도무진을 향해 날렸다.

"젠장!"

도무진이 허리를 뒤로 젖히며 왼쪽으로 핑그르르 돌았다. 잠깐 멈칫한 그 시간에 그가 튕겨냈던 류이 다시 돌아와 뒤통수를 노렸다.

허리를 숙인 도무진은 뒤에서 느껴진 예기에 우측으로 움직였다.

목을 공격한 류은 피했지만 허리를 향한 것에는 완벽하게 대처하지 못했다.

서걱! 하는 소리와 함께 고통의 증거인 피가 쏟아졌다. 한 주먹은 될 법한 살점이 떨어져 나갔다.

팔을 허공에서 어지럽게 움직이는 공은, 두 개의 손으로 네 개의 류을 완벽하게 통제하고 있었다.

거리를 좁혀야 공격을 할 기회라도 얻을 텐데 네 개의 류은 도무진이 공에게 다가가는 길을 철저히 차단했다.

그가 할 수 있는 것은 정신없이 날아오는 류을 피하고 막는 게 전부였다.

그 사이 가슴과 팔다리에도 새로운 상처가 하나둘 생겨났다. 술법도 계속 쓰면 체력처럼 소진되는 게 정상인데 공의 얼굴에 지쳐 가는 기색은 보이지 않았다.

하루 종일이라도 싸울 수 있다는 듯 엷은 웃음까지 짓고 있었다.

공과 달리 시간은 도무진의 편이 아니었다. 상처가 아무리 빨리 아물어도 새로운 상처는 피를 요구하게 될 것이고, 과한 출혈은 도무진의 힘을 급격하게 빼앗을 게 분명하다.

싸움의 양상을 바꾸지 않고서는 이길 수가 없었다.

도무진은 날아오는 네 개의 륜을 막거나 혹은 상처를 입으며 지금 판세를 냉정하게 분석했다.

분노는 흡혈귀의 성정이기는 하지만 생존은 그야말로 원초적인 본능이다.

목숨의 위협을 받으면 살 수 있는 가장 높은 확률을 찾을 수 있고 지금 가장 필요한 것은 냉정함이라는 걸 본능이 알았다.

공을 향한 분노에 몸을 맡기면 안 된다. 도무진은 가슴으로 오는 륜을 쳐 내고 하늘을 힐끗 봤다.

서산을 향해 움직이는 해는 한 뼘 남짓 남았다. 한 시진이 지나기 전에 어둠이 올 것이다.

그가 비록 햇빛을 두려워하지 않는 흡혈귀라고는 하나 흡혈귀라는 사실은 변함이 없다.

흡혈귀는 밤의 족속. 밤이 되면 강해지는 존재가 흡혈귀다.

류에 맞서서 싸우는 시간은 공의 편이지만 더 시간이 흘러 밤이 되면 결국 시간은 도무진의 편으로 바뀔 것이다.

그래서 도무진은 어깨에 상처 하나를 더 얻은 후 돌아서 몸을 날렸다. 갑작스러운 도무진의 행동에 의외라는 반응을 보인 공이 쫓아오며 소리쳤다.

"등을 보이다니 비겁하구나!"

도무진은 숲을 향해 전력으로 내달렸다. 그를 죽이기 위해 기다리고 있었으니 공은 어떻게든 따라올 것이다.

두 번 위협적으로 머리 위를 지나간 류은 더 이상 공격해 오지 않았다.

뒤를 힐끗 돌아보자 길쭉하고 하얀 널빤지 같은 것을 탄 공이 날아오는 게 보였다.

도무진은 일단 울창한 숲을 향해 무작정 달렸다. 부적을 사용하는 공을 상대로, 사면이 탁 트인 곳보다는 숲이 유리하기 때문이다.

고개를 힐끗 돌리는데 일 장 앞에서 날아온 부적이 터졌다. 햇빛을 받아 반짝이는 파편이 쏟아졌다.

도무진은 펄쩍 뛰어 돌아서며 날아오는 파편을 쳐 냈다. 수백 개나 되는 것을 모두 막을 수는 없었기에 배와 다리, 어깨 등의 상처는 감수해야 했다.

또 새로운 피가 바위 위로 후두둑 쏟아졌다. 그런 공격을 두 번 더 받은 후 비로소 숲 속으로 들어갈 수 있었다.

끼아악!

머리 위에서 귀기탐웅이 비명 같은 소리를 지르며 맴돌았다. 주인의 부상이 안타까운 모습이었지만 녀석이 도와줄 수 있는 상황이 아니었다.

도무진은 앞을 가로막는 나뭇가지와 잡초를 쳐 내며 내달렸다. 그야 긴 손톱과 긁혀도 상관없는 육체를 가졌지만 공은 상당히 애를 먹을 것이다.

하지만 공은 언제나 도무진의 예상을 뛰어넘었다.

도무진을 공격했던 두 개의 륜이 장애물을 잘라내 오히려 공은 도무진보다 빠른 속도로 숲을 가로지르고 있었다.

아무리 산의 해가 빨리 진다고 해도 족히 반 시진 이상은 공의 손에서 버텨야 한다.

쾅!

뒤에서 갑자기 폭음이 들렸다. 화들짝 놀라 양손으로 뒤통수를 감싸는 도무진의 전신으로 차가운 고통이 느껴졌다.

쇠붙이가 파고들 때의 화끈함이 아니라 전신을 싸늘하게 만드는 종류의 고통이었다.

도무진은 짧은 비명과 함께 비탈을 굴렀다. 아무것이나 움켜잡아 구르는 것을 멈추려고 했지만 이상하게 팔이 말을 듣지 않았다.

도무진을 공격한 무엇인가에는 몸을 마비시키는 효과가 있는 모양이다.

한참을 구른 도무진은 바위에 부딪쳐 날아오른 후 일 장 아래 개울로 처박혔다.

온몸의 근육이 뒤틀리는 듯한 고통이 엄습했다. 다행히 뼈는 워낙 단단해서 어디가 부러진 것 같지는 않았다.

눈을 뜨자 시야가 흐릿했다. 물속에서 눈을 뜬 탓이었다.

새로 얻은 상처에서 얼음이 박힌 것 같은 시린 아픔이 전해졌다. 빨리 움직여야 한다. 이대로 있으면 저 위쪽에서 나타난 공이 륜으로 그의 머리를 잘라 버릴 것이다.

손가락과 발가락을 움직였다. 구를 때 느꼈던 마비의 증상은 없었다.

물에 쓸려 상처에서 빠져나가는 피가 느껴졌다. 시간이 지날수록 시린 고통은 사라지고 평소 느꼈던 느낌이 찾아왔다.

저 위쪽에 공이 나타났다. 물의 일렁임 때문인지 공이 크게 웃고 있는 것처럼 보였다.

허공에 뜬 공이 서서히 내려왔다. 공의 앞에서 회전하는 륜이 햇빛을 거세게 튕겨내고 있었다.

"네 마지막 모습은 구차함이구나. 하긴 그것이 흡혈귀에 합당한 최후겠지."

륜이 하강하기 시작했다.

＊　　＊　　＊

　남궁벽은 물러서면서 검 자루로 가슴을 찔러 오는 인호의 손을 올려 쳤다.

　인호의 손이 올라가며 얼굴에 화끈한 고통을 안겼다. 얼굴 반쪽이 통째로 날아간 것 같았다.

　"크윽!"

　그나마 크게 비명을 지르지 않은 것은 자존심 때문이었다.

　"안 돼!"

　오희련의 긴 외침이 들렸다. 그리고 왼쪽에서 뜨거운 불길 같은 게 느껴졌다. 오희련이 부적을 날린 모양이다.

　눈을 질끈 감고 바닥을 뒹군 탓에 상황이 어떻게 돌아가는지 알 수 없었다.

　"희련아! 피해!"

　남궁벽은 무작정 그렇게 소리쳤다. 그는 치명적인 부상을 당했으니 오희련 혼자 싸워야 하는데 승산은 일 할도 되지 않았다.

　하지만 연신 울리는 폭음은 그녀가 인호와 격전을 벌이고 있음을 알려주었다.

　얼굴의 고통이 심하기는 했지만 의식은 아직 또렷했다. 남궁벽은 손을 들어 눈두덩을 쓸었다.

새로운 고통이 느껴지지 않은 것으로 보아 눈에 이상이 있는 건 아니었다.

눈을 뜨니 왼쪽 눈에 피가 들어가서 쓰라렸다. 몇 번 눈을 깜빡이자 눈물과 함께 시야가 확보되었다.

시력에 이상이 없다는 건 걱정했던 것보다 상태가 심각하지 않다는 뜻이다.

괜찮다고 느낀 남궁벽은 벌떡 일어섰다. 턱을 타고 피가 후두둑 떨어졌다.

주변을 둘러보며 왼쪽 뺨과 이마 쪽이 찢어졌다는 걸 감각으로 알 수 있었다.

길게 느껴졌지만 실상 누워 있던 시간은 그리 길지 않았다. 그래도 인호와 홀로 싸워야 했던 오희련이 걱정되었다.

그런데 오희련은 조금도 물러서지 않고 인호와 싸움을 벌이고 있었다.

그녀가 날리는 부적은 빨랐고 위력은 굉장했다. 화의 술법을 펼칠 때는 열기가 멀리 있는 남궁벽에게까지 느껴졌다.

오희련은 지금 그가 알고 있던 것보다 훨씬 굉장한 능력을 보여주고 있었다.

달라진 것은 그뿐만이 아니었다.

그녀의 얼굴.

목에서부터 시작되어 장미의 넝쿨처럼 뻗어 올라온 파란 색 기운은 마치 문신을 한 것 같았다.

양쪽 뺨을 타고 관자놀이를 지나쳐 이마에 퍼진 파란 기운 은 살아 있는 듯 꿈틀거렸다.

지금까지 몇 번 사냥을 함께했지만 지금까지 볼 수 없었던 모습이었다.

그렇다고 특별한 술법을 펼쳐서 생기는 현상도 아니었다.

지금 일어나고 있는 신체의 변화는 그녀가 유난히 강해진 것과 관계가 있을 것이다.

당장 급하니 나쁠 것은 없었다. 남궁벽은 옷자락을 찢어 이 마를 질끈 묶었다.

뺨에 난 상처가 심하기는 했으나 이마에서 흐른 피가 자꾸 눈으로 들어와 먼저 지혈을 한 것이다.

급하게 출혈만 막은 남궁벽은 인호를 향해 몸을 날렸다. 두 개의 부적과 인호가 손가락 끝에서 쏜 줄이 부딪치며 불꽃이 튀었다.

그 불꽃의 여운을 뚫고 남궁벽이 인호를 덮쳤다. 갑작스런 공격에 인호의 창백한 얼굴이 딱딱하게 굳었다.

인호는 예의 그 미끄러지는 듯한 움직임으로 물러섰지만 이번만은 남궁벽이 더 빨랐다.

서걱!

손에 살을 베는 익숙한 감촉이 전해졌다. 인호는 어깨에서 왼쪽 가슴까지 붉은 피를 흘리며 물러났다.

인상을 찡그렸을 뿐 비명 같은 건 지르지 않았다. 상처가 치명적이지 않다는 건 공격을 한 남궁벽도 알 수 있었다.

그래서 땅에 떨어짐과 동시에 지체하지 않고 다시 앞으로 나아갔다.

꺄아아!

인호의 입에서 터진 소리는 비명이 아니었다. 주변의 대기를 갈기갈기 찢어버리는 그 소리는 꼬챙이가 고막을 뚫고 들어와 머릿속을 헤집는 것 같은 고통을 주었다.

"크으윽!"

귀를 막고 쓰러지는 건 남궁벽만이 아니었다. 나무 위에 서식하는 갖가지 동물들이 늦은 가을 수확하는 밤처럼 후드득 후드득 떨어졌다.

다람쥐며 새, 산고양이 같은 동물들은 땅에 닿기도 전에 오공에서 피를 흘리며 죽어버렸다.

주변 삼십 장 내에 있는 모든 동물이 인호의 공격에 초토화되었다.

"그만!"

머리를 감싸 쥐고 엎드린 오희련이 고통스러운 소리를 질렀지만 인호의 음공(音功)은 멈추지 않았다.

덜덜덜 떨리는 남궁벽의 턱을 타고 침이 흘러내렸다. 머리가 터져 버릴 것 같은 고통은 그냥 빨리 죽어버렸으면 하는 마음까지 들게 했다.

남궁벽은 애써 고개를 돌려 오희련을 봤다. 그런데 납작 엎드려 있던 그녀가 천천히 몸을 일으켰다.

양손은 여전히 귀를 막고 있지만 그녀는 음공을 견디고 있었다. 목과 얼굴을 덮은 장미넝쿨 같은 파란색은 더욱 짙어져서 거의 검은색처럼 보였다.

하얗게 탈색된 얼굴의 오희련은 부적을 손에 쥐고 주문을 외우기 시작했다.

"오유현녀진언결(吾有玄女眞言訣) 칙령(勅令) 음음막(陰音幕) 합(合) 여약래순오(如若來順吾) 신귀가정결(神鬼可停訣) 급급여율령(急急如律令)!"

인호의 괴성을 뚫고 부적이 날아갔다. 부적의 속도는 붉은 잔상이 남을 정도로 빨랐다.

그렇게 허공을 가른 부적은 인호의 여섯 자 앞에서 갑자기 사방으로 쫙 퍼졌다.

그것은 검은색의 그물 같았는데, 부적이 펼쳐지자 뇌를 후벼 파는 듯한 소리가 멈췄다.

아니, 멈춘 것은 아니었다. 여전히 괴성은 들렸으나 그물에 막혀 앞쪽으로는 영향을 미치지 못했다.

그물은 비단 괴성을 막았을 뿐 아니라 그대로 날아가 인호를 덮쳤다.

그물의 힘에 밀린 인호는 일 장이나 뒤로 날아가 바닥을 뒹굴었다. 인호의 괴성이 완전히 멈췄다.

그물 안에서 발버둥치는 인호를 향해 다시 한 장의 부적이 날아갔다.

그리 빠르지 않게 날아간 부적은 그물 위로 사뿐히 내려앉았다. 그러자 그물이 점점 오그라들었다.

옥죄는 그물은 점점 인호의 살을 파고들었다. 저렇게 조여지면 인호는 곧 수백 개의 조각으로 부서져 버릴 것이다.

한 손을 올린 오희련은 계속해서 주문을 외웠는데 입속으로만 웅얼거려서 남궁벽이 알아들 수 있는 말은 없었다.

오희련의 갑작스러운 변화가 놀랍기는 했으나 그 궁금증보다는 당장 살아났다는 안도가 더 컸다.

긴 한숨과 함께 나무에 등을 기대자 상처가 쑤셔왔다. 긴장이 풀어지자 육체의 고통이 새롭게 밀려온 것이다.

하지만 남궁벽의 안도는 너무 빨랐다.

찌이익!

그물 한쪽이 찢어지면서 인호가 높이 솟구쳤다. 하얀 머리칼을 휘날리는 인호는 얼굴까지 하얀 털로 뒤덮여 있었다.

놀라긴 오희련도 마찬가지여서 그녀는 황급히 새 부적을

손에 쥐었다.

하지만 오희련이 주문을 외우기도 전에 인호의 공격이 시작되었다.

근 십 장에 이르도록 길어진 머리칼이 휘둘러졌다. 철사처럼 빳빳하게 세워진 머리칼은 걸리는 나무며 바위를 너무도 쉽게 잘라 버렸다.

남궁벽은 몸을 날려서 오희련 곁에 섰다. 그녀를 보호하는 게 급선무였다.

그의 발이 땅에 닿는 순간 머리칼이 덮쳤다. 남궁벽은 검을 위에서 아래로 휘둘러 머리칼을 자르려고 했지만 머리칼은 그의 검으로 자르기에는 너무 단단했다.

짜앙!

쇠붙이끼리 부딪친 것 같은 맑은 소리와 함께 남궁벽이 뒤로 날아갔다. 오희련을 보호하겠다는 의도는 어긋나서 가까이 있던 그녀에게 부딪쳐 두 사람은 한 덩이가 되어 튕겨졌다.

남궁벽은 날아가면서 곁을 스치는 나뭇가지를 잡고 뒤로 손을 뻗었다. 바로 뒤에 오희련이 있었기 때문에 잡을 수 있을 것이라고 생각했다.

하지만 그녀는 남궁벽의 예상보다 더 빨리 멀어져서 서로의 손끝만 스치고 멀어졌다.

우두둑!

그의 무게에 못 이긴 나뭇가지가 부러지며 중심을 잃은 남궁벽은 땅바닥으로 거칠게 떨어졌다.

고통스러웠지만 자신의 안위를 살피기 전에 오희련을 확인했다. 비탈에 떨어진 그녀는 정신없이 미끄러져 곧 시야에서 사라졌다.

"희련아!"

두 걸음을 내딛던 남궁벽은 곧 한쪽 무릎을 꿇었다. 가슴에 찾아온 격통 때문이었다.

하필 떨어진 곳이 바위의 뾰족한 부분이어서 살이 파이고 갈비뼈가 드러나 있었다.

육안으로 드러난 갈비뼈 두 개 중 하나가 부러진 게 보였다. 힘겹게 몸을 추스른 남궁벽은 아득한 절망을 느꼈다.

오희련이 미끄러진 곳 아래쪽은 절벽이었다. 가장자리로 가야 아래가 보이겠지만, 저 밑에서 들리는 물이 흐르는 소리를 감안하면 까마득할 게 분명하다.

그가 막 비탈을 내려가려 할 때 목에 차가운 무언가가 감겼다.

"큭!"

몸이 뒤로 휘청 꺾이며 숨이 막혔다.

검은 찾을 수가 없어서 양손으로 풀어보려 했지만 그럴수록 더욱 단단히 조여왔다.

위로 떠오른 몸이 뒤로 돌려졌다. 남궁벽의 목을 감은 것은 인호의 손가락 끝에서 나온 하얀 줄이었다.

[너희 인간들은 절대 날 막을 수 없다. 그 어떤 인간도!]

줄이 조여왔다. 그의 완력으로는 절대 벗어날 수 없는 올가미다. 아까 봤던 두 동강 난 시체들이 뇌리를 스쳤다.

그토록 발버둥 쳤지만 결국 운명은 그를 이 산속에 내팽개치는 모양이다.

오희련의 날카로운 목소리가 들린 건 의식의 끈을 막 놓으려 할 때였다.

"이년아! 그거 당장 풀어!"

오희련이 살아 있어 다행이지만 그녀가 아무리 앙칼지게 말한다고 순순히 풀어줄 인호가 아니었다.

그런데 거짓말처럼 줄이 풀렸다. 땅에 내려선 남궁벽은 무릎을 꿇고 거친 기침을 토해냈다.

꺽꺽거리는 숨을 뱉으며 오희련을 본 후에야 인호가 순순히 말을 들은 이유를 알 수 있었다.

피를 흘리는 왼쪽 팔을 아래로 내려뜨린 오희련은 다른 팔로 여자아이의 목을 감싸고 있었다.

동그란 눈에 오똑한 코를 가진, 예닐곱 살쯤 되어 보이는 귀여운 아이였다.

비탈 아래 숨어 있는 것을 오희련이 운 좋게 발견한 모양이다.

[순순히 보내줄 테니 해치지 마라.]

오희련은 손에 든 부적을 흔들며 말했다.

"협상만 잘 진행된다면 다치는 사람은 없을 거야. 괜찮아?"

마지막 물음은 남궁벽을 향한 것이었다. 그저 일어서는 것뿐인데 인상이 잔뜩 일그러질 정도로 아팠다.

"별로."

힘겹게 말을 뱉은 남궁벽은 오희련에게 다가갔다. 아이를 인질로 잡는 건 마음에 들지 않지만 지금은 어쩔 수가 없었다.

"우린 내려가고 넌 여기 남을 거야. 우리가 안전하다고 느낄 때 아이를 풀어주지."

[내 딸을 지금 풀어줘라. 너희들을 절대 해치지 않겠다. 약속하마.]

"그런 약속을 믿을 만큼 우리가 순진하지 않아서 말이야."

[너희들은 안 믿으면서 내게는 믿으란 말이냐?]

"칼자루를 쥐고 있는 쪽은 우리니까."

인호는 눈동자 없는 하얀 눈으로 그들을 노려봤다. 긴 머리카락은 하늘로 치솟아 흔들렸고 여섯 개의 꼬리는 빳빳하게 곤두섰다.

금방이라도 그들을 덮칠 기세였는데 체념한 듯한 목소리가 들렸다.

[약속은 꼭 지켜라. 내 딸을 조금이라도 상하게 한다면 세상 끝까지라도 쫓아가서 너희들을 응징할 테다.]

고개를 끄덕인 오희련이 조심스럽게 물러섰다. 움직인 탓에 아이를 잡고 있던 팔이 약간 느슨해졌다.

그때 아이가 갑자기 오희련의 팔을 물었다. 이미 상처가 있었던 곳이기에 그 고통은 더했다.

"악!"

짧은 비명과 함께 오희련은 팔을 바깥으로 펼쳤다. 아이는 팔을 물고 있었고 옷깃까지 잡혔기에 빠르게 아이의 몸이 돌아갔다.

찌익!

아이의 옷깃이 찢어지며 오희련의 손을 빠져나갔다. 하지만 그건 아이에게 결코 좋은 일이 아니었다.

비탈의 가장자리에 서 있던 아이는 오희련의 품을 떠나자마자 비탈을 구르기 시작했다.

[안 돼!]

비명 같은 외침과 함께 인호가 땅을 박찼고 오희련도 아이를 향해 몸을 날렸다.

하지만 빈 허공만 움켜잡은 오희련은 아이의 뒤를 따라 비탈을 미끄러졌다.

이미 한 번 내려가 봤기 때문에 저 아래가 얼마나 위험한지 알고 있었다.

그녀가 절벽 아래로 떨어지지 않은 것은 몸을 세울 수 있는 턱을 만났기 때문이다.

아이를 잡은 곳도 그 턱의 움푹 파인 곳이었다. 숨기에는 더없이 안전한 장소였으나 아이에게는 운이 없어 오희련에게 잡혀 버렸다.

그 턱을 제외하면 미끄러지는 비탈에 안전한 곳은 없었다. 허리에 바위가 걸려 몸이 빙글 돌아간 오희련은 비탈을 마구 굴러 내려갔다.

빙글빙글 돌아가는 세상이 언제 끝날지 알 수 없다. 백 장은 훌쩍 넘는 절벽에서 떨어지면 그 아래가 아무리 물이라도 결코 살 수 없을 것이다.

아니 설사 떨어지는 순간 살 수 있다 하더라도 높은 산 중앙을 가르는 협곡의 물은 비탈을 구르는 바위처럼 거칠었다. 물이 아닌 돌덩이가 되어 인간의 육체를 산산조각으로 만들어 버릴 것이다.

'아이는 어떻게 됐을까?'

아이를 비탈로 그렇게 내던질 생각은 없었다. 인질로 잡은 것도 그저 살기 위한 것이었고, 협상이 제대로 되지 않았다 하더라도 결코 아이를 해치지 않았을 것이다.

비록 인호의 딸이라고 하더라도 결국 아이일 뿐이다. 그런데 그 아이가 자신의 실수로 인해 절벽 아래로 떨어져야 한다는 사실이, 자신이 죽음을 향해 시시각각 다가가고 있다는 사실만큼이나 가슴 아팠다.

비탈이 생각보다 길다고 느끼고 있는데 갑자기 숨이 턱 막혔다. 오희련은 목을 누르는 뭔가를 움켜잡았다. 구르는 것이 멈췄다.

눈앞의 바위 위로 자신의 땀이 뚝뚝 떨어지고 있었다. 오희련은 거친 숨을 몰아쉬며 고개를 들었다.

그녀가 붙잡은 것은 남궁벽의 바짓가랑이였다. 남궁벽은 양손으로 튀어나온 바위를 잡고 다리로 그녀의 몸을 낚아챈 것이다.

오희련은 아이를 찾기 위해 시선을 아래쪽으로 돌렸다. 하지만 보이는 것은 삼십 장 저 멀리 떨어진 맞은편 절벽이었고, 그녀의 발은 절벽 바깥으로 나가 있었다.

"아이는?"

그녀의 물음에 남궁벽이 고개를 저었다.

"빌어먹을!"

"아이 걱정은 나중에 하고 일단 올라와라."

남궁벽의 목소리에서 힘겨움이 묻어나왔다. 한쪽 팔은 움직일 수 없을 정도로 다쳤기에 남궁벽의 다리를 잡고 올라가는 것조차 힘들었다.

남궁벽의 하얀 엉덩이를 반쯤 드러내게 한 후에야 미끄러지지 않을 곳을 찾아 몸을 뉘였다.

"인호는?"

"아이 따라서 갔다."

"절벽 아래로 떨어졌단 말이야?"

"그래."

"모성애는 인간이나 세해귀나 똑같구나."

남궁벽은 끄응! 소리를 내며 상체를 일으켰다.

"가자. 아래로 떨어지기는 했지만 인호가 다시 올 수도 있으니."

오희련은 남궁벽의 모습에 절로 안쓰러움을 느꼈다. 다른 곳은 그렇다 치고 얼굴은 그야말로 너덜너덜해져서 아무리 치료를 잘해도 굵은 흉터를 가지게 될 것이다.

"남자 얼굴에 흉터 몇 개는 가지고 있어야지."

그녀의 마음을 읽은 것처럼 남궁벽이 비탈을 올라가며 그렇게 말했다.

"뭐, 너야 워낙 평범하니까 그게 괜찮을지도."

편편한 곳에 올라선 오희련은 도무진이 갔던 방향으로 눈길을 돌렸다.

"오라버니는 괜찮을까?"

"우리를 버리고 혼자 간 놈 걱정하게 생겼냐? 생명력이라면 고래 심줄보다 질긴 놈이니 우리보다는 나을 거다. 어서 가자."

*　　　*　　　*

도무진은 손에 쥔 자갈을 힘껏 던짐과 동시에 몸을 굴렸다.

차악!

류이 그의 목이 있던 자리에 틀어박힌 후 나직한 비명이 들렸다. 재빨리 몸을 일으킨 도무진은 어깨에서 피를 흘리는 공을 향해 뛰었다.

일그러진 얼굴의 공은 도무진을 피해 뒤로 날아올랐다. 허리까지 찬 물에서 도약을 한 탓에 만족할 만큼 높이 뛰어오르지 못해 도무진의 손톱은 공의 발밑을 아슬아슬하게 스치고 지나갔다.

공에게 상처를 입히기는 했지만 심한 부상은 아니었다. 그러니 아직도 불리한 쪽은 도무진이었다.

다시 물로 떨어진 도무진은 숲을 향해 내달렸다.

"밤이 오면 네가 날 이길 수 있을 것 같으냐!"

공이 쫓아오며 소리를 질렀다. 공은 도무진의 의도를 정확히 꿰뚫고 있었다.

숲을 내달리는 도무진은 어느 순간 갈증을 느꼈다. 피를 너무 많이 흘렸다.

어서 흡혈을 하지 않으면 아무리 밤이 와도 힘은 점점 떨어질 것이다.

일단 쫓아오는 공을 떨쳐 내는 게 급선무인데, 윙윙거리며 날아오는 류의 기세로 봐서는 쉽게 될 것 같지 않았다.

잠시라도 공의 눈을 피해 노루라도 잡아 흡혈을 해야 밤의 이점이라도 기대할 수 있었다.

하지만 오십 장을 더 달린 후 도무진은 황급히 걸음을 멈춰야 했다.

워낙 빠른 속도로 달리다가 급히 정지를 해서 발바닥을 댄 채로 삼 장은 미끄러졌다.

발가락 부분이 절벽 밖으로 튀어나간 후에야 가까스로 멈출 수 있었다.

가늠하기 힘들 정도로 까마득한 높이인데 물이 절벽에 부딪치는 소리는 천둥소리만큼 크게 울렸다.

저 격류에 휩쓸리면 아무리 도무진이라도 살아날 수 있을 거란 장담을 할 수 없었다.

한 발 물러서서 우측으로 몸을 날리려 할 때 류 특유의 파공음이 들렸다. 황급히 멈추자 눈앞으로 은빛의 륜이 스치고 지나갔다.

"죽기에 좋은 곳이로구나."

공이 땅에 발을 디디자 타고 있던 널빤지는 부적이 되어 땅으로 떨어졌다. 대신 륜은 다시 네 개가 되어 사납게 으르렁거렸다.

그 사나움을 피해 뒤로 물러서던 도무진은 뒤꿈치가 허공에 놓인 상태로 멈출 수밖에 없었다.

하얗게 빛을 튕겨내며 돌아가는 네 개의 륜과 번들거리는 공의 눈동자는 삶의 실을 풀어내는 사신의 손길이나 다름없었다.

도무진에게 남은 길은 단 두 갈래뿐이다.

전진해서 공과 싸우든가, 절벽 아래로 몸을 날리는 것.

죽음을 담보로 해야 하는 건 어느 길이나 똑같고 삶의 기회가 희박하다는 것도 마찬가지다.

언제나 그렇듯 도무진은 싸우는 쪽을 택했다. 발끝이 땅을 박차는 순간 네 개의 륜도 도무진을 향해 쏘아졌다.

두 개의 륜을 손톱으로 쳐 내고 하나는 허리를 뒤로 젖혀 흘려보냈다. 나머지 하나는 횡으로 회전해서 피할 생각이었는데 륜은 도무진의 예상보다 빨랐다.

서걱!

몸을 비트는 것보다 류이 먼저 아랫배를 훑고 지나갔다. 그렇게 많은 피를 흘렸음에도 복부에서 쏟아진 피는 세 자 멀리까지 뿜어져 나갔다.

금속 특유의 화끈한 감각을 느끼며 도무진은 의지와는 상관없이 뒷걸음질을 쳤다.

배를 가른 상처에 손을 가져다 대자 삐져나온 창자가 손에 잡혔다.

"네가 죽으면 먼지로 사라질까, 사람처럼 그냥 시체로 남을까?"

"넌 영원히 모를 테지."

싸우고 싶었다. 살이 찢어져 창자가 삐져나와도 공과 끝까지 싸우고 싶었다.

하지만 그 끝에 놓인 결과를 너무도 잘 알기에 도무진은 뒤로 몸을 날릴 수밖에 없었다.

까마득히 저 아래 급류로 떨어져도 살아날 가능성은 무(無)에 가까웠지만, 공과 끝까지 싸우는 것보다는 그래도 실낱같은 희망을 가질 수는 있었다.

"머리는 놓고 가라!"

서서히 넘어가는 시야로 공이 들어왔다.

쉬이이익!

절벽 아래로 떨어지는 도무진의 목을 향해 류이 맹렬하게 쏘아졌다. 황급히 손톱으로 쳐 냈지만 완전히 걷어내지 못한 채 방향만 살짝 틀어졌다.

살이 갈라지는 소리가 먼저 들리고 나서야 목의 고통이 찾아왔다. 목에서 뿜어진 피가 위로 솟구쳐, 떨어지는 도무진의 시야를 가득 채웠다.

붉은 안개 같은 핏방울 사이로 뭐라 소리를 지르는 공이 보였다. 입을 잔뜩 벌리고 침까지 튀기는데 음성은 들리지 않았다.

타원형의 판자를 탄 공은 낙하하는 도무진보다 빠르게 떨어졌고, 쏘아지는 류은 더욱 빨랐다.

머릿속에 안개가 낀 것처럼 정신이 흐릿했지만 도무진은 본능적으로 팔을 휘둘렀다.

손톱으로 쳐 내려고 했는데 손가락이 서걱! 잘려 나갔다. 그래도 뼈는 단단해서 류의 방향을 위쪽으로 틀어 목이 아닌 얼굴을 반쯤 잘라 버렸다.

더 이상 고통은 없었다. 이미 숨은 끊어졌고 핏빛 시야만이 죽음을 쫓아오지 못해 이승에서 방황하는 것 같았다.

다시 류이 덮쳐 왔다. 이번에도 정확하게 목을 노리는 류을 막을 여력이 없었다.

쾅!

류이 목을 자르는 것보다 먼저 몸 전체에 충격이 왔다. 그

때문에 핏빛 가득한 시야조차 단숨에 어둠으로 덮여 버렸다.

'목이 잘렸을까?'

정신을 잃기 전 도무진의 마지막 생각이었다.

제7장
아이

　목이 말랐다. 세상에서 가장 뜨거운 불꽃이 식도에서 발끝
까지 끊임없이 왕복을 하는 것 같았다.

　한 모금의 피라면 영혼이라도 팔 수 있었다.

　도무진은 억지로 눈꺼풀을 밀어 올렸다. 갈증 외에는 아무
것도 느낄 수 없을 줄 알았는데, 눈동자를 파고드는 육각형의
햇빛은 또 다른 고통이었다.

　고통과 피를 갈구하는 본능만이 그가 가지고 있는 전부였
다. 하지만 이 지옥 같은 상황에서 빠져나갈 수 있는 방법이
없었다.

어떻게든 일어서려 했지만 움직이는 건 고사하고 자신이 어디에 있는지조차 인지하지 못했다.

도무진은 온몸의 힘을 쥐어짜서 고개를 돌렸다. 얼굴이 하늘로 향한 상태에서 눈을 떠봤자 그야말로 눈 뜬 장님이나 마찬가지다.

고개가 돌아가는 것 같은데 확신할 수는 없었다.

눈을 뜨자 여전히 가시 같은 햇빛이 동공을 아프게 찔렀다. 그래도 처음보다는 훨씬 나아 흐릿하게나마 주변을 볼 수 있었다.

처음에는 시야가 정상이 아니라서 세상이 일렁이는 것처럼 보이는 줄 알았다.

그런데 시간이 조금 지나자 얼굴 왼쪽이 물에 잠겨 있다는 걸 깨달았다.

왼쪽 눈을 감고 오른쪽으로만 세상을 봤다. 수면 너머로 숲이 보였다. 그리 우거지지 않은, 회색의 땅에 키 작은 나무가 듬성듬성 서 있는 배고픈 숲이었다.

어쨌든 아직 살아 있다.

'회복은 될까?'

몸이 얼마나 엉망인지 알 수 없었다. 회복되지 못한다면 그는 이대로 죽지도, 움직이지도 못한 채 영원한 고통에 몸부림쳐야 할지도 모른다.

사각! 사각!

머리 위쪽에서 옅은 발걸음 소리가 들렸다. 가장 먼저 떠오른 얼굴은 공이었다.

눈동자를 위로 올려보지만 다가오는 사람은 보이지 않았다. 갈증이 새롭게 타올랐다.

피를 가진 인간의 냄새는 도무진의 욕망에 숨을 불어넣어 부풀게 만들었다.

그 욕망이 고개를 움직이는 힘이 되었다. 목각 인형이 그러하듯 조금씩 고개가 위로 올라갔다.

물에 잠긴 쪽 머리에 짓이겨진 진흙이 뿌옇게 올라와 왼쪽 시야를 가렸다.

맨발이다. 아주 작은 발톱을 가진 발, 그에 어울리게 가는 발목 바로 위에서 치맛자락이 펄럭였다.

눈동자를 움직이자 비로소 어린아이의 모습이 한눈에 들어왔다. 이제 갓 예닐곱 살 정도 되어 보이는 여자아이는 도무진과 눈이 마주치자 걸음을 멈췄다.

아이의 내뿜는 호흡마다 피 냄새가 섞여 나왔다.

"끄르르륵!"

목젖이 울리며 입 앞 수면에서 거품이 일렁였다. 도무진은 팔을 허우적거려 기어코 몸을 뒤집는 데 성공했다.

겁먹은 얼굴로 우두커니 서 있는 저 아이는 더 이상 바랄 수 없는 진수성찬이다.

그의 목구멍에서 계속 그르륵거리는 소리가 울렸다. 아이가 그에게 무슨 말인가를 하는 것 같은데, 모든 감각은 오직 피에 대한 갈망에 집중되어 제대로 들리지 않았다.

아이가 무슨 얘길 하든 무슨 상관인가? 가느다랗고 부드러운 목에 비치는 저 파란 핏줄에 이빨을 박아 넣는 것 외에 관심 있는 건 아무것도 없었다.

상체가 물 밖으로 나왔다. 땅을 짚는 손이 낯설었다. 엄지를 제외한 왼쪽 손가락 네 개가 뭉텅 잘려 나가 있었다.

저 아이의 피만 마시면 곧 다시 자라날 것이다. 뱃속에서 빠져나와 수면에 부딪치는 창자도, 허벅지를 뚫고 나온 하얀 뼈도 저 아이의 피가 고쳐줄 것이다.

밀가루 반죽 같은 강가의 진흙은 손목까지 집어삼켜 앞으로 나아가는 도무진의 속도를 더욱 더디게 만들었다.

'도망가지 말고 거기 가만히 있어라.'

도무진은 아이를 향해 기어가며 주문처럼 그렇게 되뇌었다. 그런데 아이가 갑자기 움직였다. 도망치지 않기만을 바랐는데, 아이는 오히려 그를 향해 다가오기까지 했다.

"괜찮아요?"

찰진 진흙 때문에 힘들게 걸어온 아이가 도무진의 오른쪽 겨드랑이 사이로 손을 집어넣었다.

"끄응!"

아이가 도와주기 위해서 힘을 쓰자 목의 정맥이 더욱 뚜렷하게 보였다.

송곳니가 저절로 길게 자라났다. 하지만 아이는 힘을 쓰느라 도무진의 얼굴을 보지 못했다.

도무진은 아이의 목을 물기 위해 고개를 돌렸다. 하지만 아이가 몸을 뒤로 젖히며 힘을 쓰고 있는 탓에 목은 아주 먼 곳에 있었다.

그에게는 아이를 넘어뜨려 깔고 앉을 힘마저 없었다. 저 선명한 정맥이 자리한 목이 욕망을 가장 자극하기는 하지만 굳이 저곳일 필요는 없었다.

바로 눈 아래 힘을 쓰느라 유독 도드라진 팔의 핏줄이 있었다. 쩍 벌어진 도무진의 입이 아이의 팔목을 향해 다가갔다.

"죽지… 마요."

힘든 아이의 목소리. 순간 도무진의 기억이 바람처럼 과거 속으로 달려갔다.

"죽지 마요… 죽으면 안 돼……."

기억이 멈춰선 그곳에 물빛으로 번들거리는 얼굴을 가진 한 소녀가 있다.

잘라지고 깨지고 마모되어 이젠 사라졌다고 믿었던 인간성. 인간이 아니기에 가지고 있는 것조차 어울리지 않는, 도무진에게는 하등 쓸모없는 오랜 과거의 그 잔재는 의식하지 못했던 그림자를 여전히 가지고 있었다.

오직 그 아이 하나.

웃기를 좋아하던 하얀 얼굴의 소녀는 왜 부모의 죽음보다 더 아프게 각인되어 아직도 가슴을 울리게 만드는 것일까?

아니, 왜 그의 겨드랑이에 팔을 집어넣고 있는 이 아이에게서 그의 누이가 투영되는 것일까?

이제 조금만 지나면 인간성을 잡고 있던 그 희미한 그림자마저 버석한 재로 흩어졌을 터인데, 아이는 거추장스러운 감정의 찌꺼기를 끄집어내 도무진을 망설이게 만들었다.

하지만 지금 도무진이 느끼는 갈증의 고통은, 실체는 거의 사라지고 그림자만 남은 인간성의 잔재가 어찌해 볼 정도로 만만하지 않았다.

누이의 기억이 아닌 지금 그의 곁에 있는 아이가 누이일지라도 도무진은 기꺼이 푸른 정맥에 이빨을 박아 넣을 것이다.

지옥의 불길만큼이나 뜨거운 갈증과 다르게 얼음보다 차가운 이빨이 아이의 팔에 닿으려 할 때였다.

크르르르!

갈증의 고통에만 집중된 감각이 다가오는 기척을 놓쳐서

사나운 목젖의 울림이 들린 후에야 불청객을 알아차렸다.

그의 팔을 붙잡고 있던 아이가 뒤로 주춤주춤 물러섰다. 물이 금세 허벅지까지 차올랐지만 털을 곤두세운 채 다가오는 늑대 무리가 물보다 무서울 것이다.

갈색 털을 가진 여덟 마리의 늑대는 오래 굶주려 비쩍 말라 있었다.

가장 덩치 큰 한 마리가 앞장섰고 나머지 일곱 마리는 부챗살 모양으로 퍼져서 천천히 거리를 좁혀왔다.

도무진은 물러선 아이를 힐끗 돌아봤다. 얼굴 가득 두려움을 품은 아이의 시선은 늑대들에게 고정되어 잔뜩 떨고 있었다.

향기로운 피의 내음은 여전히 강렬한 유혹이다. 하지만 선택의 여지가 없었을 때야 본능이 일제히 아이를 향해 울부짖었으나, 지금은 희미한 인간성이 목소리를 낼 수 있는 대안이 다가오는 중이었다.

도무진은 애써 시선을 늑대들에게 돌렸다. 원래 신중한 천성을 가진 녀석들은 이빨을 위협적으로 드러내며 느린 걸음을 옮겼다.

도무진만큼은 아니겠지만 어지간히 굶주린 모습인데, 역시 인내력 하나만큼은 대단한 짐승이 늑대였다.

도무진은 늑대들과의 거리를 좁히기 위해 팔을 움직였다. 다리는 여전히 남의 신체인 것처럼 말을 듣지 않았다.

어쩌면 늘대에게 먹혀 죽을지도 모른다는 생각이 설핏 들었다. '그럴 수도 있을까?' 라는 의문을 갖는데 가장 앞에 선 늘대가 인내의 벽을 깨뜨렸다.

늘대 특유의 노린내가 훅 덮쳐 들었다. 녀석의 하얀 이빨은 양팔로 상체를 지탱하고 있는 도무진의 목을 노리고 들어왔다.

이빨이 막 목을 파고들려 할 때 도무진은 목 대신 팔을 먹이로 안겼다.

금속에 입은 상처와는 다른 둔탁한 고통이 전해졌다. 늘대는 팔을 뜯어내려는 것처럼 머리를 마구 흔들었다.

늘대의 이빨은 치명적이었지만 역시 세상에서 가장 끔찍한 이빨은 흡혈귀의 송곳니다.

팔에 힘을 줘서 움직임을 더디게 만든 도무진은 늘대의 목에 송곳니를 박아 넣었다.

역한 노린내는 그러나 곧 황홀한 미각으로 바뀌었다. 인간의 피가 아닌 다음에야 흡혈에 맛을 논한다는 건 뜨거운 얼음만큼이나 가당찮은 소리다.

그럼에도 지금 이 순간, 늘대의 피는 인간의 피만큼이나 도무진을 맛의 바다에서 헤엄치게 만들었다. 역시 시장이 반찬이라는 옛말은 틀리지 않았다.

그가 흡혈을 하는 동안 나머지 늘대들이 어깨와 다리, 허리 등을 물고 흔들었다.

피의 달콤함이 그 모든 고통을 잊게 만들었다. 굶주린 흡혈귀가 비쩍 마른 늑대의 피를 다 마시는 데는 세 호흡이면 충분했다.

가뭄 끝의 비가 초목을 풍성하게 하듯 피는 도무진을 신체를 빠르게 정상으로 돌려놓았다.

케엥!

어깨를 물고 있던 늑대는 도무진의 손에 목덜미가 잡혀 비명을 질렀다. 도무진은 버둥거리는 늑대의 목을 물었다.

생명이 급격하게 빠져나가며 바르르 떠는 늑대의 몸짓이 온몸으로 전해졌다.

세 마리째의 피를 모두 마신 도무진은 달라붙은 나머지 두 마리의 목을 간단하게 꺾어버렸다.

도무진보다는 아이에게 관심을 가졌던 두 마리의 늑대는 물속에 몸을 반쯤 담그고 있다가 다른 늑대들의 죽음을 보고 뒷걸음질을 쳤다.

흡혈을 한 후의 도무진은 늑대 따위가 넘볼 상대가 아니었고 짐승의 직감은 그것을 빠르게 알아차렸다.

도무진이 한 걸음을 내딛자 늑대들은 다리 사이에 꼬리를 말고 냅다 도망쳤다. 이미 포식을 했기 때문에 도무진은 굳이 도망치는 녀석들을 쫓지 않았다.

철퍽!

뒤에서 들린 물의 마찰음에 고개를 돌렸다. 그의 시선을 받은 아이가 우뚝 걸음을 멈췄다.

아이는 뚫어져라 도무진을 쳐다보고 있었다. 눈 덮인 풍경에 먹물을 떨어뜨려 놓은 것 같은 흑백이 뚜렷한 아이의 눈은 여러 가지 감정을 품고 있었다.

두려워하는 건 분명한데 그 안에 호기심도 담겼고 이상하게 안도 같은 것도 느껴졌다.

"사람이 아니군요?"

이상한 질문이다. 도무진이나 만민수호문 같은 자들이야 세해귀가 익숙하지만 대부분의 인간들에게 세해귀는 소문으로만 듣는 존재이다.

그런데 아이는 금세 도무진이 인간이 아님을 받아들였을 뿐더러, 두려움의 무게도 그리 크지 않은 것 같았다.

한쪽 다리를 절룩거리며 물속으로 들어간 도무진은 몸에 묻은 피를 씻어냈다.

아이에게 가까워지자 예의 그 향기로운 혈향이 풍겨왔다. 짐승의 피를 아무리 마셔도 인간의 피는 언제나 고프다.

그건 갈증이지만 갈증과는 또 다른 종류의 열망이다. 성욕과 식욕처럼 취하고 나면 잊히는 게 아닌, 그래서 어쩌면 물욕(物慾)에 가까웠다.

더하고 더해도 채워지지 않는 탐욕스러운 인간의 본능처

럼 말이다.

하지만 지금은 본능의 늪에서 발을 뺄 수 있었다. 이십 년 동안 참아왔던 익숙한 인내이기 때문이다.

몸에 묻은 피를 씻으면서 배 밖으로 삐져나온 내장을 안으로 갈무리했다. 끔찍한 상처였지만 고통은 그리 크지 않았다.

상처를 손으로 대충 잡고 물가로 걸어 나왔다. 질척한 땅을 지나 척박한 숲 가운데 놓인 바위에 걸터앉았다.

부러진 정강이의 뼈를 맞춘 후 더 돌봐야 할 상처가 있나 몸 여기저기를 살폈다.

고통은 온몸에서 전해졌기 때문에 눈과 손으로 일일이 확인을 해야 했다.

륜에 맞았던 얼굴의 상처도 시간이 지나면 나을 것이고 나머지 상처 또한 시간이 해결해 줄 것이다.

도무진은 햇볕을 받아 따뜻하게 달궈진 바위에 누웠다. 해는 서산으로 거의 기울어 팔뚝을 눈두덩 위에 두자 햇빛으로 인한 고통은 사라졌다.

오랜만에 느껴보는 나른함이 밀려왔다. 적지 않은 부상과 급류를 떠내려 오는 바람에 흡혈귀의 육체라도 피곤함을 피할 수가 없었다.

철픽거리며 다가오는 아이의 발걸음 소리가 들렸다. 도무진은 팔뚝을 슬쩍 들고 아이를 봤다.

여기저기 찢어진 옷을 입은 아이의 행색은 초라했다. 주변을 보아하니 인가가 있는 것 같지도 않으니, 홀로 있는 아이와 이 장소는 부자연스러웠다.

"부모님은?"

그의 짧은 물음에 아이는 고개를 저었다. 몸짓만으로는 대답이 부족하다고 느꼈는지 아이가 입을 열었다.

"나쁜 사람들이 엄마를 공격했어요."

아이의 나이를 감안하면 엄마는 젊었을 테고, 힘없는 자에게는 가혹한 시대다.

"집은? 아버지는?"

주변을 한 바퀴 둘러본 아이는 또 고개를 저었다.

"몰라요. 없어요."

집과 부모를 모두 잃은 아이. 또 아이가 누이와 겹쳐진다.

'젠장!'

슬그머니 다가온 아이는 도무진이 누워 있는 바위에 걸터앉았다. 흡혈귀의 모습을 보았는데 아이는 도무진을 두려워하지 않았다.

흡혈귀보다 홀로 남겨져 맞서야 하는 세상이 더 무서운 것인지도 모른다.

꼬르르륵!

아이의 뱃속에서 아이답지 않은 우렁찬 소리가 들렸다. 도무진은 자신도 모르게 픽 웃음을 터뜨렸다.

아무래도 팔자에 없는 보모 노릇을 해야 할 모양이다.

＊　　＊　　＊

"먼저 일어나겠습니다."

식사를 마친 백은선(白恩善)은 다소곳이 일어나 조용히 방을 빠져나갔다.

오희련은 그녀의 뒷모습을 힐끗 봤다. 백은선은 언제나 있는 듯 없는 듯 지냈다. 그래서 함께 지낸 지 나흘이 지났지만 가끔 마주칠 때마다 깜짝깜짝 놀라고는 했다.

항상 위아래로 한 벌인 하얀 옷을 입고 있어서 얼굴에 홍조만 없다면 귀신이 아닐까 의심했을 것이다.

"정말 누군지 말 안 해주실 거예요?"

오희련의 물음에 물로 입을 헹구던 목승탁이 의아한 표정을 지었다.

"뭘 말이냐?"

오희련은 백은선이 지나간 빈 허공을 엄지로 가리키며 말했다.

"저 여자요. 누굽니까?"

그들이 사냥에 실패하고 돌아온 그날, 목승탁도 지부로 돌아왔다. 동행한 백은선에 대해서는 '내 질녀다'라는 말만 했을 뿐 더 이상 언급하지 않았다.

하지만 모두들 그날이 가기 전에 두 사람이 친척이 아니라는 걸 눈치챘다. 목승탁과 백은선이 지내는 것만 봐도 자연스럽게 알 수 있는 사실이었다.

이번 세 번째의 물음에도 목승탁은 '질녀다'라는 짧은 대답만을 남겼고 더 묻지 말라는 은근한 경고까지 곁들였다.

밥을 깨작거리던 손수민이 젓가락을 놓으며 긴 한숨을 쉬었다.

"황태자님은 정말 괜찮은 건가요?"

사흘 전 목승탁이 돌아와 저간의 사정을 들은 후에는 얼굴이 딱딱하게 굳었었다.

주름 하나조차 새로 만들지 않을 만큼 감정 표현을 하지 않는 목승탁이고 보면 그가 얼마나 놀라고 당황했는지 알 수 있었다.

그리고 집무실로 들어가 반 시진 후 나온 목승탁은 도무진이 살아 있다는 짧은 사실만 전해줬다.

술법으로 어찌어찌 알아낼 수 있을지 모르지만 그들에게는 생존 이상의 설명이 필요했다.

불친절한 목승탁은 설명이라는 귀찮은 절차를 생략했고 세 사람의 걱정과 궁금함은 무시되었다.

"살아 있다면 어디 있는 건가요?"

손수민의 거듭된 질문에 목승탁이 차가운 목소리로 대꾸했다.

"난 신이 아니다."

즉 도무진의 생사 외에는 모른다는 뜻이니 그들과 별반 다를 바가 없었다.

괜히 화가 난 오희련이 손수민에게 쏘아붙였다.

"그 황태자라는 호칭 좀 어떻게 할 수 없니?"

"딱히 달리 부를 만한… 따지고 보면 제 부모님보다 나이가 많은데 오라버니라고 할 수도 없고, 그렇다고 얼굴은 스무 살밖에 안 되는데 아저씨라고 하는 것도 이상하고……."

"나도 오라버니라고 하니까 너도 그냥 그렇게 불러!"

"그래도 될까요?"

"안 될 게 뭐 있어?"

일어서려던 오희련이 검지로 손수민을 가리켰다.

"꼬리 치지는 마. 분명히 경고했어."

"저 꼬리 없는데요. 설마 절 세해귀라고 생각하시는 거예요?"

고개를 절레절레 흔든 오희련은 방을 나섰다. 왼쪽으로 몸을 돌리던 오희련은 스치듯 걸린 시야에서 뭔가를 발견하고 황급히 오른쪽을 봤다.

따사로운 햇볕 내리쬐는 뜰 가운데 도무진이 서 있었다.

검은색 짙은 색안경을 쓴 도무진은 오희련을 향해 오른손을 들었다.

"무사했군."

"누가 누구한테 할 소리예요!"

소리를 빽 지르며 내려가려던 오희련은 도무진의 뒤에서 나온 자그마한 얼굴에 걸음을 멈췄다.

"어?"

오희련과 아이의 입에서 동시에 놀라움이 담긴 소리가 튀어나왔다.

"왜 그래?"

도무진은 그녀와 아이를 번갈아 보며 물었다.

"인호의 아이잖아!"

"내 엄마를 공격했던 사람이에요!"

두 사람이 동시에 소리쳤다. 방에서 줄줄이 나온 다른 사람들도 흥미롭거나 혹은 놀랍다는 표정으로 돌아가는 상황을 지켜봤다.

도무진은 고개를 좌로 꺾으며 생각하는 표정을 짓더니 입을 열었다.

"그러니까 소영이가 인호와 같이 있었던 그 아이로군."

"그래요! 그런데 어떻게 잡은 거예요?"

"내가 잡은 게 아니라 이 애가 날 잡았지."

아이가 입술을 꽉 깨물며 힘 있게 고개를 끄덕였다. 둘이 만난 사연이야 차차 들으면 되는 것이고 가장 궁금한 걸 물었다.

"인호는요?"

"인호는 너희 둘이 쫓았잖아?"

"하지만 인호의 자식과 나타난 사람은 오라버니잖아요?"

"난 공과 싸우다가 물에 빠져서 인호는 구경도 못 했는데."

목승탁이 두 사람 사이에 끼어들었다.

"밖에서 그럴 게 아니라 안으로 들어오지. 할 얘기도 있고 풀어야 할 일도 있을 것 같으니."

하지만 아이는 도무진의 옷을 잡고 들어오려 하지 않았다.

"오라버니, 여기서 나가면 안 돼요?"

묻는 아이의 얼굴은 금방이라도 울음을 터뜨릴 것 같았다. 도무진은 아이를 번쩍 들어서 품에 안았다.

"괜찮아. 아무 일 없을 거라고 약속할게."

도무진의 다짐에 아이는 고개를 끄덕였다. 하지만 오희련과 남궁벽에 대한 적의는 숨기지 않았다.

회의실로 가는 동안 손수민은 도무진이 돌아온 것이 기쁜 듯 함박웃음을 지으며 무사하서서 다행이라는 둥 이제부터 오라버니라고 불러도 되죠? 라는 둥 혼자 희희낙락했다.

회의실에 자리를 잡은 후 긴 얘기가 오갔지만 도무진이 여소영(呂少英)과 만난 장면 빼고는 새로울 게 없었다.

얘기를 하는 내내 목승탁의 시선은 상당 시간 여소영에게 머물렀다. 그답지 않게 흥미로운 표정이 역력했다.

그리고 도무진의 얘기가 끝나갈 무렵 목승탁이 여소영에게 물었다.

"네 아버지는 누구냐?"

도무진을 한 번 본 여소영이 대답했다.

"여운석(呂雲碩). 올해 서른두 살인데 돌아가셨어요."

"직업은?"

"그냥… 농사 지으셨어요."

도무진이 물었다.

"소영이 아버지가 왜 궁금한데?"

"인호가 인간과 관계를 갖는 것은 그리 특별할 게 없다. 그게 그들의 본능이니까. 하지만 아이를 낳는 건 아주 다르지. 사실 인호의 아이가 있다는 얘기는 가끔 들었지만 대부분은 낭설이었고 실제로 본 건 처음이구나. 사실 저 아이가 인호의 아이라는 걸 지금도 확신할 수가 없다."

"부적 한 장 붙이면 금방 알 수 있잖아요?"

오희련의 말에 목승탁이 고개를 저었다.

"인호의 아이는 기본적으로 반은 인간이다. 아니, 일정 기간이 지날 때까지는 인간의 아이와 다름없지. 그래서 세해귀의 징후는 전혀 나타나지 않는다."

"일정한 기간이라면……?"

"내가 모든 걸 알 수는 없다."

그것으로 대답이 끝났다. 더 물어봤자 더 이상의 대답이 나올 것 같지 않아 다른 것을 물었다.

"그럼 저 애는 어떻게 하실 건가요?"

"글쎄, 죽일까?"

여소영이 깜짝 놀라 도무진의 팔을 잡았다.

농담처럼 던진 말이지만 종잡을 수 없는 목승탁이기에 진심일지도 모른다는 생각이 들었다.

쾅!

갑자기 손수민이 주먹으로 탁자를 내려쳤다.

"저 아이에게 누구라도 손대면 제가 가만있지 않을 거예요."

조용하고 소심한 손수민의 난폭한 행동에 모두 뜨악한 표정을 지었다.

드륵!

목승탁이 일어서자 의자가 뒤로 밀리며 마찰음이 울렸다.

"넌 지하실로."

도무진에게 짧은 말을 남긴 목승탁은 회의실을 나갔다.

"졸리네. 낮잠이나 잘까?"

오희련도 슬그머니 일어나 자리를 떴다. 내내 한마디도 않던 남궁벽도 도무진을 노려본 후 사라졌다.

갑자기 휑해져 버린 회의실에 남겨진 손수민은 얼굴을 일그러뜨리며 도무진에게 물었다.

"저 무시당한 거 맞죠?"

남궁벽은 그런 손수민의 어깨를 토닥토닥 두드렸다.

"무서워하는 것 같군. 지부장 만나고 올 동안 소영이 좀 부탁해."

안 떨어지려는 여소영을 달래 손수민에게 맡긴 도무진이 막 회의실을 나설 때 갑자기 뭔가가 얼굴로 날아왔다.

워낙 갑작스러웠고 빨랐기에 그대로 맞을 수밖에 없었다. 둔탁한 충격에 쓰러져 바닥을 구른 도무진은 재빨리 일어섰다.

그의 얼굴을 때린 사람은 남궁벽이었다. 푸른 힘줄이 도드라지도록 주먹을 쥔 남궁벽은 도무진을 노려보고 있었다.

얼굴 왼쪽이 온통 붕대 감겨 오른쪽 눈만 드러낸 남궁벽의 시선에는 살의마저 느껴졌다.

"극적인 생환 인사치고는 격하군."

"너 때문에 나와 희련이가 죽을 뻔했다. 어떻게 동료를 버리고 네 사사로운 일을 해결하러 갈 수가 있단 말이냐?"

도무진이 피식 웃었다.

"언제부터 내가 동료가 된 거지?"

"동료란 마음에 들고 안 들고의 문제가 아니야! 무엇이로

든 하나로 묶여 서로의 등을 봐준다면 호불호를 떠나 그것이 동료인 것이다!'

남궁벽은 '빌어먹을 흡혈귀 자식' 이란 욕설을 남기고 성난 걸음으로 사라졌다.

남궁벽이 화를 내는 게 당연한 건지도 모른다. 하지만 미안한 감정 따위는 생기지 않았다. 그는 양심 같은 걸 가진 인간이 아니니까.

지하실로 내려가자 목승탁과 한 여인이 기다리고 있었다. 위아래 한 벌로 된 하얀 옷을 입은 여인은 서른쯤 되어 보였고, 오밀조밀한 이목구비를 가져 단아함을 풍겼다.

유난히 붉은 얼굴이 낮술이라도 한 것 같았다.

"내 명령이 그리 우습게 들리더냐?"

지하실로 자리를 옮긴 목승탁은 서늘해진 온도만큼이나 차가운 목소리를 뱉었다.

"덕분에 좋은 경험 했지."

"네 경험은 아직 끝나지 않았다."

목승탁이 허공을 향해 팔을 휘둘렀다. 그러자 뭔가 날카로운 것이 날아오는 것 같은 느낌을 받았다.

아무것도 보이지 않았지만 도무진은 본능적으로 허리를 뒤로 젖혔다.

서걱!

살이 갈라지는 익숙한 소리와 함께 목에 화끈한 고통이 전해졌다.

"끅!"

목에서 튀어나온 피가 입으로 뿜어내는 것처럼 쭉 뻗어나가 바닥에 뿌려졌다.

황급히 목을 부여잡고 목승탁을 향해 소리를 지르려고 했지만 목젖이 잘려 목소리가 나오지 않았다.

다시 이어진 목승탁의 손짓에 몸이 붕 떠서 일 장이나 날아갔다.

그가 뒹구는 곳을 따라 피가 흩뿌려졌다. 급격하게 빠져나간 피는 그만큼 빨리 흡혈귀의 본능을 이끌어냈다.

본능은 언제나 필요한 것을 즉시 몸으로 느끼게 되어 있었다.

혈향이 코를 간질였다. 자신의 것도, 목승탁의 것도 아닌 여인의 달콤한 피 냄새가 본능을 자극했다.

송곳니와 손톱이 어느새 튀어나와 완전한 흡혈귀의 모습으로 변했다.

그런 도무진을 향해 여인이 천천히 다가왔다. 무감정한 눈빛, 두려움 같은 건 보이지 않았다.

본능에 이끌려 한 발을 내딛던 도무진은 걸음을 멈추고 목승탁을 봤다.

"이게 무슨 짓이지?"

빠르게 회복된 상처 덕분에 목소리가 나오기는 했지만 종잇장을 물고 말하는 것처럼 불분명하게 들렸다.

"그 여인을 취해라."

여인에게서 풍기는 피 냄새에 침을 삼키자 피가 쿨럭 쏟아졌다.

"왜 이 여인을 죽이려는 거야?"

"그녀는 죽지 않는다."

도무진은 여인을 봤다. 예민해진 후각은 여인이 온전한 인간이라는 걸 전해주고 있었다.

"대체 무슨……?"

"오히려 네가 그녀의 피를 마시지 않으면 그녀가 죽을 것이다."

도무진으로서는 이해할 수 없었다. 하지만 목승탁은 이런 일로 거짓말할 위인은 아니었다.

그리고 단숨에 빠져나간 피 때문에 갈증을 참기도 힘들었다. 인간의 피를 마시지 않겠다는 맹세는 이미 깨졌고, 설사 이번이 처음이라 하더라도 본능을 참기가 너무 힘들었다.

도무진은 다가온 여인의 목을 물었다. 여인의 피가 온몸으로 느껴졌다. 너무도 향기롭고 달콤한 인간의 피가 도무진으로 하여금 희열로 몸부림치게 만들었다.

"그만!"

목승탁의 외침은 얼음으로 만든 몽둥이로 뒤통수를 때린 것처럼 도무진의 이성을 돌아오게 만들었다.

그가 황급히 물러서자 여인이 그 자리에 풀썩 쓰러졌다. 여인의 하얀 옷이 도무진이 흘린 피로 붉게 물들었다.

목승탁이 다가와 살핀 후 여인을 안아 들었다.

"죽은… 건가?"

"정신을 잃었을 뿐이다."

자신의 몸 상태를 살핀 도무진은 고개를 저었다.

"그럴 리가 없어. 피를 얼마나 마셨는지는 내가 가장 잘 알아."

여인의 가지고 있는 피의 팔 할 이상은 도무진의 몸으로 넘어왔다. 그 정도의 피를 잃고 살 수 있는 사람은 없었다.

"네가 직접 봐라."

도무진은 여인의 목에 초점을 맞췄다. 그의 이빨이 파고든 구멍이 선명하게 눈에 들어왔다.

그런데 하얀 목에 도드라진 정맥이 약하게나마 움직이고 있었다.

"뭐지? 이 여인은 누구야?"

"백은선. 앞으로 네 식량이 될 여인이니 이름 정도는 알아둬라."

"대체 무슨 말을 하는 거야?"

"와서 얘기해 주마. 그동안 청소라도 해놔라."

도무진에겐 목승탁이 지하실을 나갔다가 다시 돌아오는 일각의 시간이 유난히 길게 느껴졌다.

돌아온 목승탁의 손에는 커다란 검이 들려 있었다. 손잡이까지 합하면 길이가 여섯 자에 이르는 목승탁보다 큰 검이었다.

"청소를 안 했군."

"그 검으로 내 목이라도 베게?"

목승탁은 가지고 온 검을 도무진에게 던졌다. 폭 또한 여섯 치나 되는 검은 보기만큼 묵직했다.

"네가 사용할 무기다."

도무진은 목승탁이 알려준 무공을 생각하며 이 검이 그 무공에 가장 적합하다는 걸 깨달았다.

원으로 돌아가는 무공의 무기는 크고 무거울수록 좋다. 물론 그걸 다룰 수 있는 충분한 힘과 실력이 있다면 말이다.

목승탁은 품에서 부적 한 장을 꺼내 날렸다. 지하실을 빠르게 날아다니는 부적은 바닥에 쏟아진 피를 한 방울도 남김없이 흡수했다.

저 작은 부적에 어떻게 그 많은 피가 담길 수 있는 지 의아했다. 아니, 저런 술법을 저처럼 쉽게 쓸 수 있는 목승탁은 어떤 사람일까?

도무진은 한 번도 목승탁이 일개 지부의 지부장에 어울리는 사람이라고는 생각하지 않았다.

그가 가진 사연이 무엇이든 지금 입고 있는 지부장이라는 옷은 턱없이 초라했다.

"내가 준 무공의 이름은 지었느냐?"

목승탁은 물음을 던지며 돌아온 부적을 엄지와 검지 사이에 끼웠다. 붉은 불꽃이 일어나며 부적은 재도 없이 희미한 연기로 사라졌다.

"벽원공."

목승탁의 입가에 미소가 나타났다가 사라졌다.

"무공의 원리는 제대로 이해한 모양이군. 좋은 이름이다."

답지 않게 칭찬을 한 목승탁이 지하실 계단을 올라가며 말했다.

"오늘부터 여섯 시진은 내공에 힘쓰도록 해라."

"시간으로 해결할 수 있는 문제가 아니잖아?"

"여섯 시진이 안 되면 열두 시진을 노력해. 될 때까지."

얼토당토않은 주문을 남긴 목승탁은 그렇게 지하실을 나가 버렸다.

밀어붙인다고 될 일이 아님을 목승탁도 알 텐데 무슨 생각을 가지고 있는지 알 수 없었다.

어쨌든 이미 내디딘 걸음이고 아직은 방향을 틀 때도 물러설 때도 아니다.

지금 자신의 능력으로는 공조차 이길 수 없다는 건 명확해졌다. 최초의 흡혈귀는 공보다 훨씬 강할 테니 도무진이 할 수 있는 최선은 자신도 강해지는 것밖에 없었다.

검을 내려놓은 도무진은 가부좌를 틀고 앉았다. 바람이 들지 않는 동굴의 수면처럼 흔들림 없는 마음. 지금 그에게 가장 필요한 건 그런 부동심(不動心)이다.

*　　*　　*

오희련은 깔깔거리며 웃는 여소영을 물끄러미 보고 있었다. 도무진의 신마 수혼이 연신 여소영의 볼을 핥고 있었다.

수혼은 다른 사람들은 물론 식사를 도맡은 손수민에게조차 거리를 두는데 여소영과는 금방 친해졌다.

인간의 모습과 흡사하다고 하지만 여소영도 결국은 세해 귀이니 수혼과 저리 빨리 친해진 것인지도 모른다.

대청 기둥에 등을 기대고 앉은 그녀는 지하실 방향의 복도로 눈길을 돌렸다.

도무진이 지하실에 들어간 지 세 시진이 다 되어가는데도 나올 기미가 보이지 않았다.

"여!"

오희련이 남궁벽의 목소리에 고개를 돌리자 사과가 날아

왔다. 그녀가 사과를 받은 것을 확인한 남궁벽은 맞은편 기둥에 오희련과 같은 자세로 앉았다.

그는 키가 두 자 남짓밖에 되지 않는 신마가 여소영의 머리를 장난치듯 넘는 것을 보며 말했다.

"저 녀석, 대단한 물건인 것 같기는 해."

오희련이 사과를 우적 베어 물며 대꾸했다.

"주인 닮아서 그렇지."

"사랑하냐?"

남궁벽의 갑작스러운 물음에 오희련은 어리둥절한 표정을 짓다가 이내 웃음을 터뜨렸다.

입에서 마구 파편이 튀어 떨어졌지만 터진 웃음은 가라앉지가 않았다.

얼굴이 벌겋게 물든 남궁벽이 버럭 소리를 질렀다.

"뭐가 우스워!"

"깔깔깔깔! 뜬금없이 사랑이라니? 네가 사랑을 알아?"

얼굴을 붉힌 남궁벽은 결국 벌떡 일어나 버렸다.

"하여간 대화를 못 한다니까."

그가 막 걸음을 옮기려고 할 때 오희련이 말했다.

"그는 그냥 내게 필요할 뿐이야."

들릴 듯 말 듯 오희련의 중얼거림이 이어졌다.

"그에게 피가 필요하듯 내게는 그가 필요하지."

　　　　　*　　　　*　　　　*

　수혼은 도무진에게 몸을 문지르다 손을 핥으며 귀여움을
떨었다.

　"너 굉장히 빨리 크는구나?"

　알에서 깨어난 지 이제 한 달이 지났을 뿐인데 수혼의 키는
세 자에 달해 여소영 정도는 쉽게 태울 수 있었다.

　몇 개월만 지나면 어엿한 한 마리의 신마 노릇을 할 수 있
을 것 같았다.

　"오라버니!"

　아침을 먹고 나온 여소영이 도무진을 발견하고 마당으로
뛰어 나왔다. 같은 집에서 매일 보지만 볼 때마다 여소영은
이렇듯 반갑게 도무진에게 달려왔다.

　"우리 공주님 아침 잘 드셨나?"

　도무진은 양팔을 벌려 안긴 여소영을 들어 수혼의 등에 태
웠다. 이제 타는 여소영도 태우는 수혼도 익숙했다.

　"공부는 잘하고 있어?"

　"네!"

　"잘하긴요! 틈만 나면 나가서 놀려고 하고 사라져서 딴짓
하고 있는데."

뒤뜰을 돌아 나온 손수민이 사실을 일러바쳤다. 도무진이 하루 종일 지하실에서 수련을 하고 있었기 때문에 여소영을 보는 건 오롯이 손수민의 몫이 되었다.

다행히 돌보는 손수민도 싫어하지 않았고 여소영도 손수민은 잘 따랐다.

"우리 공주님이 무슨 딴짓을 하실까?"

여소영이 머뭇거리자 손수민이 또 대답해 줬다.

"서재에 가서 술법서적만 보고 있다니까요."

"응? 그거 꽤나 어려울 텐데?"

"헤헤! 그냥 그림만 봐도 재미있어요. 아는 글자도 제법 되고요."

도무진은 여소영의 코를 아프지 않게 꼬집었다.

"언니 말 잘 들어야지."

"네!"

여소영과 어울려 장난을 치고 있는데 안으로 들어갔던 손수민이 뭔가를 가지고 나왔다.

"오라버니, 이거……."

검은색의 길쭉한 그것은 폭 일곱 치에 길이가 네 자 정도 되었다. 양쪽에 가죽으로 만든 끈이 달려 있어서 어깨에 멜수 있었다. 생김새만으로는 무엇인지 짐작조차 가지 않았다.

"이게 뭐냐?"

"아무래도 지금 쓰고 있는 검은 들고 다니기 불편할 것 같아서요. 차보세요."

끈에 팔을 집어넣어 짊어지는 형식이니 따로 설명이 필요치 않았다. 손수민은 도무진의 앞으로 와서 끈을 잡아당겨 도무진의 가슴 앞부분에 달려 있는 걸쇠를 걸었다.

딸깍!

걸쇠가 맞물리며 탄탄하게 조여진 느낌이 전해졌다. 약간은 뻑뻑한 기분이었는데 손수민도 그렇게 느꼈는지 고개를 갸웃했다.

"이상하네. 내 눈대중이 틀릴 리가 없는데. 혹시 전보다 몸이 커진 거 아니에요?"

"흡혈귀의 몸은 변하지 않는다."

"아닌데. 틀림없이 커졌는데. 뭐, 이거야 간단히 조절할 수 있으니 별문제 없고, 검을 넣을 때는 등의 길쭉한 부분에 검날을 가져다 대면 알아서 고정이 될 거예요. 그리고 검 손잡이를 비틀면 저절로 벌어져서 검을 쉽게 뺄 수 있고요."

"고맙군. 신경 써줘서."

인간에게 호의를 받아본 기억이 까마득해서 감사의 말도 서툴렀다. 세상에서 가장 이상한 생김새의 검집을 손수민에게서 넘겨받은 도무진은 다시 한 번 감사의 인사를 한 후 지하실로 향했다.

그는 하루에 목승탁이 말한 여섯 시진보다 긴 여덟 시진을 지하실에서 보냈다.

잠자는 시간 외에는 대부분의 시간을 무공에 할애했는데, 단지 돌파구를 찾기 위해 안간힘을 쓰고 있기만 한 것은 아니었다.

이미 보름 전에 돌파구가 보였다. 어떻게 된 건지는 도무지 도 알 수 없었다.

자신의 내면을 들여다볼 수 없는 흡혈귀의 본능 때문에 반 각을 앉아 있기도 힘들었으나, 수련을 하고 사흘 후부터 그 시간이 점점 길어졌다.

반 각은 일각이 되고 다시 한 시진이 지나갔다. 그렇게 가 부좌를 튼 시간이 늘어나면서 마음은 하늘을 품은 면경처럼 고요해져 갔다.

그리고 보름 전 처음으로 아랫배에 따뜻한 기운을 느꼈다. 비로소 내공을 가질 수 있는 틀을 마련한 것이다.

절대 일어날 수 없다고, 목승탁이 된다고 장담을 했지만 믿 지 않았던 그 일이 벌어졌다.

사실 기쁘기도 했지만 그 안에는 불안함도 함께 내제되어 있었다. 이것은 분명 흡혈귀와 인간의 몸에 대한 충돌이다.

양립할 수 없는 두 가지가 한 몸에 나타난 것은 그게 설사 자신이 만들어낸 것이라 할지라도 마냥 환호할 수만은 없는 것이었다.

원인을 알 수 없는 발전이 재앙으로 바뀌는 건 드물지 않게 일어나는 일이었다.

그런 불안을 안고 있음에도 도무진은 무공에 전념했다. 아마 목승탁에 대한 믿음 때문일 것이다.

그의 의도가 정확히 무엇인지는 알 수 없지만 도무진을 죽이기 위해 이런 일을 벌이지는 않을 테니 말이다.

지하실의 중앙에 앉아 가부좌를 틀려던 도무진은 윗도리를 벗어 자신의 몸을 살폈다.

몸이 커진 것 같다는 손수민의 말을 확인하기 위해서였다. 확실히 그녀의 눈대중은 틀리지 않았다.

여전히 빈약한 서생의 몸에 가깝지만 가슴에는 약간이나마 근육이 붙었고 아랫배는 들어갔다. 팔뚝과 상박도 조금은 굵어진 것 같았다.

속과 겉이 모두 변화를 거쳐 가고 있었다.

도무진은 마음을 편하게 가지기로 했다. 최악의 경우 죽기밖에 더하겠느냐는 덤덤함이 필요할 때다.

그가 두 시진의 내공 수련을 마치고 눈을 뜰 때 기다렸다는 듯 목승탁이 지하실로 내려왔다. 언제나처럼 그의 곁에는 백은선이 함께했다.

그녀는 이제 도무진에게 없어서는 안 될 존재가 되었다. 이틀에 한 번씩 마시는 그녀의 피 덕분에 도무진은 더 이상 인간의 피에 대한 갈망에 시달리지 않았다.

그가 평정심을 유지하며 무공을 익힐 수 있는 건 상당 부분 백은선의 공이었다.

다가온 백은선은 긴 머리칼을 좌측으로 쓸면서 목을 내밀었다. 언제나 무표정한 그녀는 도무진에게 피를 주고 난 후에도 표정의 변화가 없었다.

이틀에 한 번씩 송곳니가 박히는 두 개의 상처는 아주 오래된 흉터처럼 보였다.

도무진은 그곳에 다시 송곳니를 밀어 넣었다. 피 냄새보다 그녀의 따뜻한 체온이 먼저 편안함을 안겨주었다.

이제 익숙해진 흡혈에서 첫날 같은 실수를 범하지 않았다. 스스로 어느 정도 피를 마셔야 적당한지 가늠하고 멈출 수 있었다.

흡혈의 시간은 짧았지만 인간의 피가 들어간 육체는 새로운 힘으로 충만했다.

딸랑! 딸랑!

지하실 출입문 위쪽에 달린 종이 울렸다. 밖에서 급하게 목승탁을 찾는다는 신호였다.

지금까지 울린 두 번의 종은 모두 세해귀 때문이었고 이번에도 마찬가지일 것이다.

목승탁은 나타나서 사라질 때까지 그 흔한 인사조차 남기지 않았다.

두 사람이 나가는 걸 확인한 도무진은 벽에 세워진 검을 들었다. 흡혈을 하고 난 후의 육체는 약간의 흥분 상태를 보여서 격렬한 움직임으로 가라앉히는 게 좋았다.

내공 수련을 하는 와중에도 초식의 수련은 게을리하지 않았다. 무공이라는 게 이상해서 벽원공상의 초식은 완벽하게 터득했다고 생각했는데, 이렇게 무공을 펼치다 보면 미묘하게 다른 묘리를 발견할 때가 있다.

현화분해(現化噴海)를 지나 도운창공(跳雲蒼空)의 초식으로 넘어갈 때 어제와 또 다른 기운이 느껴졌다.

이번에는 초식이 아니라 그동안 그에게 갖은 고통을 안겨 줬던 내공이 자연스럽게 발현해서 검으로 옮겨졌다.

우웅!

사선으로 비스듬히 검을 휘두르는데 검이 바닥에 닿지 않았음에도 긴 자국이 생겼다. 몸을 날려 검을 쭉 뻗자 맞은편 벽이 팍! 하는 소리와 함께 깊숙하게 파였다.

이것이 말로만 듣던 검기였다. 물론 그 위로 올라가야 할 단계가 많았지만 지금 도무진에게는 검기만으로도 놀라운 경지였다.

본래 무공을 가지고 있던 인간이었다면 모를까 흡혈귀가 된 후 익힌 무공으로 검기를 만든다는 건 지금까지 누구도 상상하지 못했던 사건이다.

도무진은 계속해서 벽원공을 펼쳤다. 그가 움직일 때마다 검에 긁힌 바닥과 벽에서 먼지가 피어올랐다.

어떤 것은 거미줄처럼 가늘고 어떤 부분은 주먹이 들어갈 정도로 넓고 깊었다.

한바탕 검무(劍舞)를 추고 난 도무진은 주변을 둘러보았다. 어지럽게 얽힌 지하실의 상처 중에서 검이 직접 닿은 것은 단 하나도 없었다.

무공 펼치는 것을 멈추자 타오르던 불길처럼 사납던 내공은 어느새 바람 한 점 없는 호수처럼 잠잠하게 가라앉았다.

검을 놓은 도무진은 그 자리에서 가부좌를 틀었다.

일반적으로 무공은 체력과 비슷하다. 한 번에 백 리를 뛴다고 단숨에 좋아지는 것이 아니라, 하루에 일 리씩 꾸준하게 뛰어 늘려가는 것이다.

가끔 깨달음으로 인해 단숨에 단계를 뛰어넘는 경우도 있으나 그거야 상승의 경지에 이른 무인에게나 가능한 행운이다.

이제 겨우 무공의 맛만 본 신출내기 도무진에게 비약적인 발전은 무공의 상궤에서 벗어나는 현상이다.

도무진이 무공을 익히지는 않았지만 흡혈귀로 산 지난 이십 년 동안 보아온 수많은 무림인 덕분에 그 정도는 알고 있었다.

그래서 이처럼 갑작스럽게 검기까지 펼치게 된 자신이 기쁘기보다는 당황스러웠다.

눈을 감고 마음을 가라앉힌 도무진은 운기조식에 들어갔다. 정신을 머리 꼭대기 백회혈(百會穴)에 집중하고 구결을 외우자 단전에서 따뜻한 느낌이 전해졌다.

그것은 따뜻한 달걀을 뱃속에 품고 있는 것 같은 기분이었다. 단전에서 시작된 기운이 사지백해(四肢百骸)로 연기처럼 퍼져 나갔다.

내공에 색깔이 있다면 옅은 분홍색일 거라는 생각이 들었다.

갑작스럽게 검기가 펼쳐진 것과 다르게 내공은 어제와 별반 다르지 않았다. 여전히 시체보다 싸늘한 그의 육체를 따스하게 데워주는 온기였다.

사방으로 퍼졌던 기(氣)가 가슴의 중극혈(中極穴)로 모여들었다. 장기 여행을 하는 마차들의 쉼터처럼 그곳에 모인 기운은 잠시 멈췄다가 다시 몸 곳곳으로 퍼져 나가게 된다.

그런데 중극혈에 모인 기가 흩어지지 않았다. 기운은 둥글게 뭉쳐서 스스로 회전만 거듭했다.

다른 곳으로 억지로 보내보려 했지만 기는 그의 뜻대로 움직이지 않았다.

중극혈에 모인 기운의 회전이 점점 빨라지는 게 느껴졌다. 봄날의 따스한 바람 같은 기운은 차츰 불 위에 올려진 돌처럼 뜨거워졌다.

도무진은 황급히 운기를 중단했다. 이런 상태에서 운기를 그만두면 주화입마에 빠질 수 있다는 건 알지만, 흡혈귀가 주화입마에 빠진들 지금 일어나고 있는 내공의 이상이 심해지는 것보다 나쁠 것 같지 않았다.

그런데 운기를 멈췄음에도 중극혈의 뜨거움은 흩어지지 않고 오히려 열기를 더해갔다.

불에 달군 쇠몽둥이가 등을 뚫고 가슴으로 삐져나오는 것 같은 고통이 느껴졌다.

"끄윽!"

가슴에 얹은 손에서 실제로 감각이 느껴졌다. 벌겋게 달아오른 중극혈이 바깥으로 점점 밀려 나오고 있었다.

그리고 기어코 쾅! 하는 폭발음이 울렸다.

제8장

변화

"위험한 시도를 한다고 들었네."

선우연(善宇然)의 담담한 말에 찻잔을 입으로 가져가려던 목승탁이 물었다.

"자네도 무모하다고 생각하나?"

선우연은 목승탁을 물끄러미 보았다. 조금은 큰 눈에 쭉 뻗은 콧날, 여인처럼 붉은 입술 아래 놓인 턱 선은 갸름하다.

하얀 피부의 스물두 살 청년의 얼굴은, 그러나 젊은 외모와는 어울리지 않는 깊게 가라앉은 심연의 눈을 가지고 있었다.

"무모함이라는 단어는 우리에게 어울리지 않지. 하지만 다른 이들이 걱정할 이유는 충분하다고 생각하네."

"달라질 것도 없는데 괜한 걱정이지. 자네가 여기까지 온 건 날 말리기 위함인가?"

"자네를 말리려고 했다면 내가 오지 않았을 테지. 그리고 누가 자네를 말릴 수 있겠나? 그저 자네 얼굴도 볼 겸 겸사겸 사 들렀네. 요즘 귀인문의 움직임도 심상치 않고 해서 돌아보 는 중이네."

"우리 만민수호문이 해결하지 못하는 일이 있다는 게 재미 있지 않나?"

"결국 우리도 사람이니까."

선우연이 일어섰다.

"자네의 그 흡혈귀 좀 볼까?"

"뭐하게?"

"궁금해서."

목승탁은 의심스러운 눈으로 선우연을 봤다.

"정말 그것뿐인가?"

"내가 혹시 도움을 줄 수 있을지도 모르지."

목승탁이 고개를 끄덕였다.

"그럴 수도."

"너무 순순히 인정하는군."

"실은 무공을 익히고 있거든."

방을 나서려던 선우연은 걸음을 멈췄다.

"무공을? 흡혈귀가?"

"재미있을 것 같아서."

"재미는 있을지 몰라도 시간 낭비지. 초식은 익힐 수 있을지 몰라도 내공이 바탕이 되지 않는 무공은 모래 위에 지은 집이나 마찬가지지."

"확신하나?"

"나와 무공을 논하자는 것인가?"

"허허허! 내 어찌 감히 자네에게 무공에 대해 왈가왈부하겠는가? 흡혈귀가 내공을 익힐 수 없다는 사실을 얘기하는 걸세."

"세해귀에 대해서는 나보다 자네가 더 잘 알 텐데?"

"우리가 알던 세상이 변했듯 사실이라고 믿었던 것들도 언제든 변할 수 있는 것이네."

"방법이라도 찾은 건가?"

"실험이라고 해두지."

"위험한 실험이 되겠군."

"실패한다고 해봐야 내 시간을 허비하는 것과 흡혈귀 하나 죽는 것밖에 더 되겠나?"

그들은 집무실을 나와 지하실로 향하는 복도를 걸어갔다.

막 모퉁이를 돌아 나오던 손수민은 화들짝 놀라 벽에 붙어 섰다.

힐끗 선우연을 보는 그녀의 얼굴에 홍조가 피어올랐다. 손수민과의 거리가 멀어졌을 때 목승탁이 속삭였다.

"저 아이가 자네에게 관심이 있는 모양이야."

"그럼 오늘 밤에 옆이 허전하지는 않겠군."

농담인지 진담인지 알 수 없는 대화를 하며 그들은 지하실로 갔다. 계단을 내려가던 목승탁은 벽에 기대앉은 도무진과 엉망이 된 지하실을 발견했다.

윗도리를 벗은 도무진의 표정에서 짙은 허망함이 풍겼다.

"무슨 일이냐?"

마지막 계단을 내려오며 던진 질문에 도무진의 시선이 목승탁에게로 향했다.

"나도 알고 싶은 게 그거야."

목승탁은 깊고 얕게 파인 주변을 둘러보며 물었다.

"왜 이런 것이냐?"

"할 수 있었으니까."

"검… 기를 쓴 것이냐?"

도무진은 묻는 선우연에게 눈길을 돌렸다. 선우연은 거대한 검의 끝을 살피고 있었다.

"검 끝에 아무것도 묻지 않았다는 건 검이 직접 닿지 않았다는 뜻이지. 하지만……."

선우연은 깊이를 알 수 없는 동굴처럼 가라앉은 눈으로 도무진을 지그시 보았다.

"넌 분명 무공을 익히지 않은 상태에서 흡혈귀가 되었을 텐데?"

"얘는 뭐야?"

목승탁이 피식 웃었다.

"보이는 것만큼 어리지는 않다. 그런데 정말 검기를 쓴 것이냐?"

"갑자기 되더군. 그리고 운기조식을 하니까 또 갑자기 내공이 모두 사라졌어."

"내공이 생겼었다고?"

선우연의 물음은 목승탁에게로 옮겨졌다.

"왜 내게 얘기하지 않았나?"

"보잘것없었으니까. 언제든 사라질 수 있을 정도로 위태롭기도 했고. 결국 그렇게 됐군."

선우연이 도무진을 향해 손을 뻗었다. 둘 사이는 여덟 자나 떨어져 있는데 도무진은 솜털이 곤두서는 걸 느꼈다. 부드러운 거위 털로 피부를 쓰다듬는 것 같았다.

"자네가 틀렸네."

"틀리다니? 저놈도 그렇게 얘기했고 단전에서도 내공의 흔적은 사라졌는데."

"저놈의 내공은 단전이 아니라 온몸에 퍼져 있네."

목승탁은 깜짝 놀랐다.

"그게 무슨 말인가? 내공이 단전에서 자유로워지기 위해서는 평과 병(炳)을 넘어 승(昇)의 경지에 이르러야 하거늘."

"물론 그렇지. 하지만 저놈의 내공은 승의 경지에 다다랐을 때 발현되는 것과는 달라. 뭐랄까… 경지에 상관없이 육체가 그렇게 반응하도록 만들어진 것 같군. 사실 흡혈귀는 세해귀 중에서 그리 귀한 존재는 아니지만, 가장 알기 어려운 존재 중 하나인 것만은 분명하지."

도무진이 일어서며 물었다.

"대체 무슨 소리를 하는 거고 넌 누구냐?"

"무례한 녀석이군."

목승탁이 선우연의 말을 받았다.

"아직 철 들 나이는 아니지."

도무진은 선우연이 던진 검을 엉겁결에 받았다.

"날 공격해 보거라."

"죽여도 되나?"

"능력이 된다면."

도무진으로서는 사양할 이유가 없었다. 뭔가 많이 알고 있는 것 같은 선우연이 나서주니 오히려 환영할 일이다.

목승탁은 돌아가는 상황이 흥미로운 듯 멀찌감치 물러섰다. 품에 손을 넣은 선우연은 부적 한 장을 꺼냈다.

달리 주문을 외운 것 같지도 않은데 부적은 검으로 변했다.
그것을 본 목승탁이 말했다.

"정말 검까지 쓸 생각인가?"

"손을 더럽히긴 싫으니까."

상대방을 절대 과대평가하지 않을 것 같은 목승탁이 저리
말할 정도니 선우연의 강함을 짐작할 수 있었다.

도무진은 양손으로 잡은 검을 선우연에게 겨눴다. 내공은
사라지고 없지만 이미 가진 육체의 힘만으로도 그는 충분히
무서운 무공을 펼칠 수 있었다.

도무진이 먼저 움직였다. 고작 일 장도 떨어지지 않은 두
사람의 간격은 검 끝에 코가 닿아 있는 것이나 마찬가지였다.

도무진은 자신이 발휘할 수 있는 최고의 속도를 냈다. 선우연
은 그래도 될 만큼 강해 보였고, 도무진의 판단이 틀려 죽더라
도 처음 보는 자의 죽음에 아쉬움 같은 건 가지지 않을 테니까.

쭉 뻗은 검에 선우연이 걸리지 않았다는 건 눈보다 손이 먼
저 느낄 수 있었다.

도무진은 재빨리 왼쪽으로 검을 휘둘렀다. 이번에도 허공
을 갈랐다. 선우연은 연기로 만든 사람 같았다.

눈으로는 분명 찌르고 벴는데 어느새 사라졌다가 그의 검
이 닿을 만한 딱 그만큼의 거리에 나타났다.

우웅!

검을 크게 휘두른 도무진은 한 바퀴를 돌아 원심력을 이용해 단숨에 선우연의 면전에 다다랐다.

검은 선우연을 노리지 않고 대신 왼손이 선우연의 목을 잡았다. 의외의 공격이 분명했을 텐데 이번에도 선우연은 얼음에서 미끄러지는 것처럼 도무진의 손을 빠져나갔다.

그리고 옆구리에 화끈한 고통이 느껴졌다. 선우연의 검이 훑고 지나간 자리에서 피가 뿜어져 나왔다.

이런 고통쯤은 익숙했기에 도무진은 이맛살을 한 번 찌푸린 것으로 참아낸 후 다시 검을 휘둘렀다.

벽원공상의 초식이 연이어 펼쳐졌다. 내공이 아닌 도무진의 순수한 힘만으로 펼치는 무공이었지만 검의 잔상이 장막을 휘두르는 것처럼 보일 정도로 공격은 빨랐다.

서걱!

선우연이 어떻게 파고들었는지 알 수 없었다. 육안으로 볼 수도 기척을 느낄 수도 없이 거리를 좁힌 후, 배에 상처를 입혔다.

어금니를 지그시 물어 고통을 참아낸 도무진은 재차 선우연을 공격했다.

그의 모습은 정말 생사를 두고 싸우는 것처럼 격렬했다. 모르는 사람이 봤다면 선우연이 철천지원수나 되는 줄 알 것이다.

하나둘 쌓인 상처가 여덟 개에 이르렀지만 도무진은 싸움을 멈추지도 속도가 느려지지도 않았다.

그의 피가 바닥과 벽, 심지어 천장에까지 퍼지며 비릿한 혈향이 진동을 했다.

일방적인 싸움이 반 시진을 넘어갈 때였다. 전력을 다해 휘두른 도무진의 검이 허공에서 막혔다.

선우연은 그저 맨손으로 무시무시한 속도의 검을 아무렇지 않게 잡아버렸다. 그리고 선우연의 검은 도무진의 목에 놓여 있었다.

잘 벼려진 쇠보다 날카로운 부적으로 만든 검이 도무진의 목을 살짝 파고들었다.

도무진은 그저 지그시 선우연을 노려보았다. 선우연의 손에서 검을 빼내는 게 불가능하다는 건 한 번의 시도만으로 알 수 있었다.

"내가 널 죽이지 않을 것이라고 믿느냐?"

선우연의 목소리는 무감정하고 단조로웠다. 문득 선우연이 아무렇지 않게 저 검을 움직여 목을 벨지도 모른다는 생각이 들었다.

"죽일 수도 있겠군."

"두렵지 않느냐?"

죽음은 흡혈귀가 느끼는 가장 큰 공포다. 인간은 죽음보다 더 큰 공포를 가질 수 있지만 흡혈귀에게 언제나 가장 큰 공포는 죽음이다.

그래서 자살하는 흡혈귀가 절대 나오지 않는 것이다.

"두렵지."

"별로 떠는 것 같지 않군."

"살려달라고 무릎이라도 꿇어야 하나?"

도무진을 물끄러미 쳐다보던 선우연의 입가에 웃음이 그려졌다.

"재미있는 녀석이군."

도무진의 목에 놓여 있던 검이 부적으로 변해 팔랑거리며 바닥으로 떨어졌다. 도무진은 자신의 피에 젖어 붉은색으로 물드는 부적을 힐끗 본 후 시선을 선우연에게로 옮겼다.

도무진의 검을 놓은 선우연이 돌아서며 말했다.

"아무래도 너와 난 좀 더 오래 봐야 할 것 같구나."

그 말에 놀란 사람은 목승탁이었다.

"무슨 말을 하는 건가?"

"우리가 흥미를 느낄 수 있는 일이 세상에 몇 가지나 되겠나?"

선우연은 그렇게 묻고 도무진을 봤다.

"강해지고 싶냐?"

"물론."

"죽을 수도 있다."

"그래서?"

"후후후… 죽음에 초연한 흡혈귀라. 정말 재미있군."

선우연은 지하실 계단을 밟으며 목승탁에게 물었다.

"당분간 머물러야 할 것 같은데 빈 방은 있나?"

"너무 많아서 문제지."

도무진은 나가려는 목승탁에게 말했다.

"최소한 내게 앞으로의 계획은 알려줘야지."

"무공 수련을 해라."

"지금처럼?"

"그리고 오랫동안."

*   *   *

거친 숨을 몰아쉬는 오희련의 가슴골로 굵은 땀방울이 굴러 떨어졌다.

초점이 잡히지 않던 시선이 돌아오고 전신에 퍼져 있던 희열의 소름이 잦아들자 그녀는 몸을 옆으로 돌려 도무진을 봤다.

격렬한 정사를 끝낸 도무진의 무표정한 얼굴은 이제 익숙했다.

"요즘 예전하고 달라진 거 알아?"

"뭐가?"

오희련은 침대를 내려가 제자리에서 한 바퀴를 빙글 돌았다.

"내 몸을 봐. 흉터만 있을 뿐 상처가 없어. 예전에는 한 번 즐길 때마다 손톱과 이빨에 의해 서너 개씩 상처가 생겼었잖아."

그랬었다. 그리고 왜 더 이상 오희련에게 상처를 남기지 않는지도 알고 있었다.

백은선 덕분이다. 그녀의 피를 마신 후부터 도무진은 더 이상 인간의 피를 갈망하지도, 욕정에 함몰되어 이성을 잃지도 않았다. 이틀에 한 번씩 도무진의 식량이 되어주는 백은선은 매번 삼 할의 피는 도무진에게 넘겨주었다.

그러고도 살 수 있는 건 초자연적인 것들이 판치는 이 세상에서조차 불가사의한 일이었다.

물론 그건 백은선이 아닌 목승탁의 능력일 것이다.

"지부장에 대해 아는 게 있어?"

오희련은 도무진의 몸 위에 엎드리며 말했다.

"아니. 우리 중에서 지부장님에 대해 가장 많이 아는 사람은 오라버니일 거야."

"같은 술법사가 보기에 목승탁은 어느 정도 강해?"

도무진이 무공을 익히는 동안 어쩔 수 없이 목승탁이 사냥에 동행했다.

"글쎄, 한 가지 확실한 건 내가 가늠할 수 있는 사람이 아니라는 거야. 평생 우물에서만 살았는데 바다가 얼마나 넓고 깊은지 어떻게 알 수 있겠어? 그런데 그건 왜?"

"그런 사람이 이런 조그만 지부에 있는 게 이상하잖아."

"뭔가 사연이 있겠지. 내가 진짜 궁금한 건 오라버니에게 왜 그렇게 공을 들이느냐 하는 거야."

눈을 반짝이는 오희련은 자신의 궁금증을 해결해 주기를 바랐지만 도무진도 알지 못하는 질문이었다.

도무진이 고개를 젓자 다른 물음이 던져졌다.

"그럼 그동안 얼마나 강해진 거야?"

계속 함께 사는데 그가 지하실에서 무공을 익힌다는 게 언제까지 비밀로 남을 수는 없었다.

더구나 정체가 모호한 선우연이 무려 한 달이나 함께 있었으니 다른 사람들이 알아채는 건 당연했다.

"모르지."

아직은 알 수 있는 방법이 없었다. 선우연과 무공을 익히는 동안 모인 내공이 중극혈에서 폭발하는 과정이 두 번 더 일어났다.

그런데 세 번째는 확실히 느낌이 달랐다. 처음 두 번은 그냥 사라진 것 같았는데 마지막 폭발 때는 전신 구석구석에 내공이 모래처럼 박혀 남아 있는 느낌이 전해졌다.

그리고 가끔 그 모래알들이 연기처럼 피어올라 내공의 역할을 하려는 때도 있었다.

하지만 아직은 도무진이 제어할 수 있는 상태가 아니었기에 그저 따로 노는 기분이었다.

그럼에도 그가 강해지고 있다는 건 확실히 알 수 있었다. 그 강함이 어느 정도인지 측량할 수 없을 뿐이다.

"오라버니가 변하고 있다는 거 알아?"

"응?"

오희련은 도무진의 가슴을 쓰다듬었다.

"탄탄해졌어. 가슴도, 배도, 팔도. 그리고 이 안의 마음도."

"마음?"

*　　　*　　　*

이글이글 타오르는 붉은 화염 가운데 박힌 검은 눈이 그녀를 지그시 노려보고 있었다.

그녀는 그 눈을 피할 수가 없었다. 그것은 보이지 않는 올가미가 되어 그녀를 친친 동여매 저 뜨거운 불길 속으로 끌어당기고 있었다.

비명을 지르려 하지만 목소리는 나오지 않았다. 그녀가 끌려가고 있는지, 화염이 다가오고 있는지 분간할 수가 없었다.

화염 너머로 보이는 두 개의 불꽃은 부모님이다. 불꽃에 휩싸여 몸부림을 치지만 그럴수록 불길은 더 거세게 타올랐다.

소리를 지를 수 있다면 저 불을 끌 수 있을 것 같은데, 답답함과 두려움에 가슴이 터져 버릴 것 같았다.

"악!"

드디어 짧은 비명이 터졌다. 그리고 손수민은 눈을 떴다. 칠흑 같은 어둠이 눈앞에 놓인 순간 단박에 꿈이었다는 걸 깨달았다. 언제나 이 순간이면 그저 악몽이었다는 것을 알지만, 악몽 속에 묻혀 있는 동안에는 그것을 절대 알아채지 못했다.

그래서 그녀의 괴로움은 끝나지 않았다.

이마에 흐른 땀을 닦으며 팔을 위로 뻗었다.

끼이익!

지금 누운 곳에서는 천장이지만 그녀가 있는 곳은 방바닥 안의 비밀 공간이었다.

염화견에게 부모님을 잃은 후 그녀는 이렇게 아무도 모르는 공간에서 잠을 청했다. 그 덕분에 인랑과 형태변환자들의 공격에서도 살아남을 수 있었던 것이다.

창밖은 이미 훤히 밝아 있었다. 달포 전부터 거의 이 시간에 깨어났다.

악몽에 시달린 직후 아침햇살을 받는 건 그녀에게 낯선 일이다. 항상 칠흑 같은 어둠 속에서 한 시진을 웅크리고 있어야 비로소 희뿌연 여명의 손짓을 받을 수 있었다.

악몽 속에서도 이처럼 늦게 깨어난 이유를 알 수 없었다.

그렇다고 숙면의 개운함도 느껴지지 않았다. 오히려 예전보다 몸은 더 나빴했고 멍한 기분을 오래 느껴야 했다.

세수를 한 후 옷을 갈아입는데 밖에서 깔깔거리는 여소영의 웃음소리가 들렸다.

여소영은 이곳 지부에 생기를 불어넣어 주는 유일한 존재 같았다. 그녀는 면경을 보며 옷매무새를 가다듬었다.

여소영이 저런 웃음을 터뜨리는 건 십중팔구 도무진과 함께이기 때문이다.

주름진 옷을 펴던 그녀는 우뚝 손길을 멈췄다. 도무진에게 예쁘게 보이고 싶어 하는 자신의 행동을 불현듯 깨달았다.

"내가 지금 뭐하는 거야? 어머! 미쳤어!"

그녀는 일부러 머리를 흐트러뜨리고 옷도 구깃구깃 구겼다. 하지만 문을 나서려던 그녀는 다시 거울 앞에 서서 단정하게 가다듬었다.

"깔끔하게 하고 다니는 게 다른 사람들에 대한 예의니까."

방을 나선 그녀는 복도의 모퉁이 두 개를 돌아 마당으로 내려섰다. 여소영을 목마 태우고 활짝 웃는 도무진의 모습이 따사로운 햇빛을 받아 반짝이는 것 같았다.

요즘 도무진은 부쩍 웃음이 많아졌다. 일부러 보여주는 것이 아닌 정말 즐거워서 웃는, 그래서 가끔 그가 흡혈귀라는 걸 잊게 만들었다.

특히 그의 여소영에 대한 애정은 인간의 그것과 다를 바가 없었다. 흡혈귀가 잃어버린 인간성을 다시 찾는 게 가능한지는 알 수 없다. 하지만 요즘 도무진을 보면 가능할 것도 같았다.

"어디 아프니?"

도무진에게 시선을 맞추고 있다가 옆에서 들려온 소리에 손수민은 깜짝 놀라 고개를 돌렸다.

이제 잠자리를 빠져나온 듯 흐트러진 옷차림의 오희련이 머리를 긁적이며 다가왔다.

"왜… 왜요?"

"요즘 얼굴이 푸석해 보여서."

"아뇨, 괜찮아요."

시큰둥한 표정으로 지나려던 오희련은 손수민의 머리에 코를 대고 킁킁거렸다.

"남자 냄새가 나는 것 같기도 하고."

"무… 무슨 말을 하는 거예요?"

그녀가 펄쩍 뛰자 오희련은 가던 길을 가며 고개를 끄덕였다.

"하긴 이곳에서 네 상대라고 해봐야 남궁벽밖에 없는데, 두 사람의 주변머리로 봐서 일어나기 불가능한 일이지."

복도 모퉁이를 돌아 사라지는 오희련의 뒷모습을 보다가 손수민은 팔을 들어 냄새를 맡았다.

"무슨 냄새가 난다고."

　　　　　*　　　　*　　　　*

삭!

선우연의 펄럭이는 옷자락이 잘렸다. 분명 검 끝과는 두 자나 거리가 있었다.

"검기!"

팔짱을 낀 채 벽에 기대 구경하고 있던 목승탁의 몸이 벽에서 떨어졌다. 이전에도 펼친 적이 있는 검기를 보고도 새삼 놀란 것은 지금 도무진의 몸 상태 때문이었다.

도무진은 현재 단전에 내공을 모으고 있지 않았다. 불과 이틀 전 단전에 생성되었던 내공이 또 폭발해서 흩어졌다.

즉 현재는 내공이 전혀 없다고 봐도 무방하다. 내공이 없는 상태에서 검기를 만든다는 건 무에서 유를 창조하는 것이나 마찬가지다.

목승탁은 잘린 상의 아래쪽을 힐끗 보고 웃음을 짓는 선우연에게 눈길을 돌렸다. 웃고 있지만 그도 목승탁만큼이나 놀라고 있다는 걸 알 수 있었다. 하지만 선우연이 놀란 것은 내공이 없는 상태에서 검기를 펼쳤다는 사실만은 아니었다.

"녀석이 내 옷을 잘랐어."

선우연 자신이 원하지 않았는데 그의 옷을 자를 수 있는 사람이 이 세상에 몇 명이나 될까?

"방심하면 목이 잘릴 수도 있어."

도무진의 말에 선우연은 박장대소를 터뜨렸다. 선우연이 누군지 모르니 저런 소리를 할 수 있는 것이다.

"우물 안에 있는 녀석이 할 법한 소리군."

얼굴 가득했던 선우연의 웃음이 순식간에 사라졌다. 마치 웃은 적이 없는 듯한 얼굴은 실제로 웃었던 적이 없었을지도 모른다.

깊게 가라앉은 검은 눈동자는 왠지 살기를 보이는 것 같았다. 목승탁은 불현듯 선우연이 도무진을 죽여 버릴지도 모른다는 생각이 들었다.

그럴 능력이 되고 그럴 수도 있는 성품이다. 도무진을 죽인 후 목승탁을 향해 '미안'이라는 한마디를 하면 목승탁은 그저 쓴웃음만 지을 수밖에 없었다.

애써 내색하지 않았지만 도무진은 선우연의 생각보다 더 목승탁에게 중요한 존재였다.

목승탁은 비무를 중단시키기 위해 팔을 들었다. 하지만 그의 목소리가 나오기 전에 선우연이 먼저 움직였다.

지난 두 달 동안 가르침을 내리며 보였던 움직임과는 확연히 달랐다. 언제 봤는지 기억이 희미할 정도로 오래전에 선우연의 싸움은 저랬었다.

그림자조차 쫓아가기 힘들 정도의 절대적인 빠름! 그 공격을
당하고 살아 있는 생물을 목승탁은 지금까지 본 적이 없었다.

목소리가 성대의 아랫부분까지 올라왔을 때 선우연의 검
은 이미 도무진의 목에 닿아 있었다. 도무진은 목이 떨어지는
순간까지 자신이 어떻게 죽었는지 알아채지 못할 것이다.

피가 튀었다. 그리고…….

까앙!

날카로운 쇳소리가 지하실을 가득 울렸다. 목승탁은 자신
의 눈으로 보고도 지금의 광경을 이해할 수 없었다.

선우연의 검은 도무진의 목을 베었다. 그러나 반쯤 자른 후
도무진의 검에 의해서 막혔다.

목승탁이나 선우연에게 오늘은 평생에 단 한 번 있을 낯선
날이었다.

선우연이 자신의 의도와는 상관없이 옷을 버렸고, 자신이
의도했는데 누군가를 죽이는 데 실패했다.

"당신에게는… 내 목숨이 그깟 옷보다 못한 모양이군."

검이 성대를 반쯤 파고들어서 도무진의 목소리는 잔뜩 갈
라져 나왔다.

선우연의 입가에 미소가 그려지더니 점점 짙어졌다. 입이
웃었고 무저갱처럼 깊고 어둡던 그 눈도 웃는 것 같았다.

"이젠 좀 더 중요해졌군."

딸랑! 딸랑!

목승탁은 종소리에 화들짝 놀랐다. 손님이 찾아왔든지 세해귀가 나타났든지 둘 중 하나일 텐데 지금은 어떤 것이든 반가웠다.

손수민이 와서 알린 바로는 높은 확률대로 세해귀의 출현이었다.

"도무진. 오늘부터 너도 사냥에 참여해라."

*　　　*　　　*

신마를 타고 떠난 세 명이 있던 자리에 두 사람이 남아 있었다. 오늘은 도무진을 보내고 목승탁은 가지 않았다.

"내가 도무진에게 공을 들이고 있다는 걸 알 텐데 꼭 죽이려고 했어야 했나?"

"흠, 흡혈귀가 아니라 이름을 부르다니. 그놈에게 애정까지 생긴 건가?"

목승탁이 노려보자 선우연은 예의 그 순진해 보이는 웃음을 지으며 오른손을 들었다.

"미안. 갑자기 흥분해서. 떠나라는 말만 하지 말아주게."

사실 축객령을 내리려고 했었다. 도무진이 강해지는 것을 원하지만 선우연은 너무 큰 모험이었다.

그런데 선우연이 선수를 치는 바람에 떠나라고 말할 기회를 놓쳐 버렸다.

"자넨 왜 그토록 신경 써서 흡혈귀에게 무공을 가르치려는 것인가?"

목승탁은 도무진이란 이름이 나오려는 걸 억지로 흡혈귀로 바꿔 말했다.

"재미있잖아. 녀석이 흡혈귀의 한계를 뛰어넘을 수 있는지 궁금하지 않나?"

"뛰어넘을 거라는 건 이제 우리 둘 모두 알게 된 것 같은데?"

"그 한계를 어디까지 정하느냐의 문제지."

목승탁은 선우연을 의미심장한 눈으로 봤다. 분명 선우연은 처음 와서 도무진을 봤을 때와 지금의 생각이 달라져 있었다.

"흡혈귀의 한계는 명확해."

흡혈귀는 영원히 살 수 있지만 반대로 이미 죽은 생물이기도 하다. 세상의 섭리는 생명이 없는 것을 절대 생명의 위에 두지 않는다.

즉 도무진이 아무리 높은 경지에 오른다고 해도 결국 인간을 포함한 생물이 다다를 수 있는 그 경지까지는 닿을 수 없다는 뜻이다.

"나도 그렇게 믿었지. 그런데 아닐 수도 있다는 생각이 드는군. 솔직히 자네도 약간의 기대는 가지고 있지 않나?"

선우연의 물음에 목승탁은 가슴이 서늘해지는 것을 느꼈다. 머릿속으로는 그가 아는 상식 안에 도무진을 가둬두고 있었다.

그런데 막상 선우연의 질문이 던져지자 지식이나 이성과는 상관없이 도무진을 가두고 있는 틀이 깨질지도 모른다는 울림이 전해졌다.

절대 불가능하다고 생각하면서도 한편으로는 그것에 의문을 갖는 이성과 감정의 충돌은 오랫동안 느껴보지 못한 혼란스러움이었다.

하지만 그걸 밖으로 드러낼 만큼 서툰 목승탁이 아니었다.

"기대와 현실에는 언제나 괴리가 있게 마련이지."

"내가 그 괴리를 깨는 데 도움을 주면 어떻겠나?"

"어떤 식으로 도움을 준단 말인가?"

"내가 아는 한 가장 강한 무공을 전수해 주지."

"자네의 무공을 말인가?"

선우연에게 무공은 곧 생명이다. 그것도 자신이 가진 가장 강한 무공을 전수해준다는 건 목숨을 나눠준다는 것이나 마찬가지였다.

본래 선우연의 성정이었다면 자신의 것을 아낌없이 나누는 것이 이상하지 않을 것이다. 하지만 긴 시간의 손톱에 할퀴어져 마모된 선우연의 성정은 더 이상 예전의 그것이 아니었다.

지금의 선우연은 주판알을 튕기는 노련한 장사꾼처럼 자신의 이익만을 위해 움직였다.

　호의를 베풀 리 없는 자의 호의는 언젠가 빚으로 돌아온다는 걸 알 만큼 오래 살았고 현명하기도 한 목승탁이다.

　그래서 어렵게 고개를 저었다.

　"고맙지만 사양해야겠군."

　선우연은 의외라는 표정을 지었다.

　"정말인가? 설마 내 무공이 몸을 어떻게 움직여야 하는지를 알려주는 단순한 초식이라서 그 흡혈귀에게 그리 쓸모없다고 생각하는 건 아니겠지?"

　"무공의 초식이 그 이상의 것이라는 건 나도 잘 알고 있네. 자네의 무공이라면 그 흡혈귀를 정말 환골탈태(換骨奪胎)시킬 수도 있겠지."

　"그건 너무 큰 기대고."

　"어쨌든 제안은 고맙네만 그 뒤에 따라올 자네의 요구가 부담스러워서 사양하겠네."

　"물론 요구가 없는 건 아니지만 자네가 부담을 느낄 일은 아니네. 그리고 어쩌면 공짜가 될 수도 있고."

　목승탁을 포함한 그들에게 권모술수(權謀術數)는 언제부턴가 숨 쉬는 것처럼 자연스러운 게 되어버렸다.

　하지만 단 한 가지 깨지지 않는 규칙은 서로에게 거짓말을 하지 않는 것이다.

그 규칙만큼은 아무리 오랜 세월이 지나도 절대 깨지지 않았다. 그래서 물었다.

"조건이 뭔가?"

선우연은 도무진이 떠난 방향을 보며 말했다.

"흡혈귀가 돌아오면 내 무공을 전수해 주지."

"돌아오지 못할 것이라고 생각하는 건가?"

"이번 사냥은 꽤 위험할 테니까."

"영괴(影怪)가 강하기는 하지만 그들 셋이 감당하지 못할 정도는 아니지."

"영괴가 한 마리라면 그렇겠지."

"그게 무슨 말인가?"

"아까 자네 집무실을 지나다 힐끗 들어보니 영괴가 아니라 영괴들이더군."

손수민이 만리통을 통해 들어온 정보를 잘못 알아들은 것이고, 선우연은 집무실 안에 맴도는 소리의 잔영을 모아서 제대로 들었다.

"몇 마리라고 하던가?"

"귀기탐응도 제대로 파악을 못 했더군."

"귀기탐응이 파악하지 못할 정도면 그 숫자가 적지 않겠군."

걱정스러운 표정을 짓던 목승탁이 물었다.

"흡혈귀가 살아서 돌아오지 못하면 자네가 얻는 게 뭔가?"

"오희련을 내게 주게."

"오희련을?"

"자네도 그녀의 정체를 알고 있겠지?"

"물론 알고 있지. 정작 본인은 모르지만. 그런데 오희련은 왜? 그녀가 특별하기는 하지만 자네의 무공을 걸 만큼 큰 존재는 아닐 텐데."

"허허허! 오해하지 말게. 나도 흡혈귀가 죽기를 바라는 건 아니니까. 다만 만약 흡혈귀가 죽으면 내가 여기에서 보낸 시간과 수고가 헛것이 되는 것이니 어떻게든 보상을 받아야 할 것 아닌가?"

언제나 그렇듯 표정만 봐서는 선우연의 진의를 파악할 수 없었다. 하지만 선우연의 말을 곧이곧대로 믿기는 힘들었다.

거짓말을 하지는 않지만 언제나 진실을 모두 알려주는 건 아니니 말이다.

분명 무슨 꿍꿍이가 있을 텐데 그건 시간이 지나봐야 알 수 있을 것 같았다.

"좋아, 받아들이지."

* * *

끼아악!

큰 목청을 터뜨린 귀기탐웅이 하늘을 크게 한 바퀴 돌더니 도무진의 어깨 위로 내려앉았다. 오랜만에 보는 도무진이 반가운 듯 녀석은 도무진의 볼에 얼굴을 비벼댔다.

귀기탐웅은 인간의 손을 거부하는 동물이다. 훈련을 시킨 사람이 아니면 거리를 허락하지도 않고 먹이도 알아서 해결했다.

그 모습을 보는 오희련의 입가에는 미소가 그려졌고, 남궁벽은 왼쪽 얼굴을 덮고 있는 흉터를 꿈틀거려 못마땅하다는 표정을 만들었다.

도무진을 태운 신마 수혼이 갑자기 앞으로 튀어나갔다. 나머지 두 마리의 신마와 속도를 맞추는 데 싫증이 난 모양이다.

수혼은 알에서 깨어난 지 세 달도 되지 않아 벌써 도무진을 태우고 달릴 수 있을 정도로 성장했다.

보통의 신마가 사람을 태우기까지 이 년이 걸리는 걸 감안하면 놀랍도록 빠른 속도였다. 거기다 녀석은 다른 신마들에게 두려움의 존재였다.

태생에서부터 외모까지 모든 게 특별한 수혼이 곁에 오기만 해도 다른 신마들은 안절부절못했다.

그래서 수혼은 홀로 떨어진 마구간을 사용했고 수혼도 그게 편한 듯 보였다.

무섭게 빨리 달리면서도 수혼은 빽빽한 나무를 잘 피해 갔다. 난생처음 넓은 세상에 나와 달리는 것인데도 수혼은 모든 면에서 능숙했다.

그렇게 우거진 숲을 빠져나오자 발목 높이의 잡초가 푸르게 덮인 언덕이 나왔다.

군데군데 바위가 자리 잡은 언덕 정상에는 시원한 바람이 불어오고 있었다.

귀기탐응이 소리를 지르며 저 앞으로 날아갔다. 아래쪽 멀리 마을이 보였다.

백여 가구가 모여 사는 마을 주변으로는 넓게 논밭이 펼쳐져 있었다. 전형적인 농촌 마을치고는 가구 수가 제법 많았다.

도무진이 옆구리를 차자 수혼은 시위를 떠난 화살처럼 언덕을 내려갔다. 단순히 속도를 비교하면 하늘을 나는 귀기탐응보다 더 빠를 것이다.

잡초로 덮인 언덕을 내려가 좌우로 논이 펼쳐진 곳에서 도무진은 수혼을 세웠다.

두 사람이 도착하기를 기다린 도무진이 말했다.

"저 마을 좀 이상하군."

"뭐가?"

남궁벽의 물음에 도무진은 마을 상공을 날고 있는 귀기탐응을 봤다. 날카로운 소리를 뱉으며 원을 그리는 귀기탐응의 모습으로 보아 영괴는 저 마을에 있는 게 분명했다.

"움직임이 없어."

오희련이 자신들이 내려온 언덕을 돌아본 후 물었다.

"저기서 마을 사람들의 움직임이 보인단 말이야?"

"색안경 쓴 거지 눈이 먼 건 아니다."

남궁벽이 말했다.

"좀 이상하긴 하군. 지금은 한창 농사일을 할 시간인데."

불어오는 바람에 벼들이 일제히 고개를 끄덕이는 논에는 일하는 사람이 한 명도 보이지 않았다.

"영괴는 어느 정도 강한 거지?"

"보통 오 등급 정도야. 물론 개중에 특별히 강한 놈은 칠 등급까지 올라가기는 해."

"이번에 나타난 놈은?"

"등급은 듣지 못했어. 왜? 마음에 걸리는 거라도 있어?"

"세해귀 한 마리가 저 정도 마을을 몰살시켰다고 해도 이 상할 건 없지."

독백처럼 말을 한 도무진은 다시 앞으로 나아갔다. 남궁벽이 신마를 서둘러 몰아 도무진과 어깨를 나란히 했다.

"정말 저 마을 사람들이 모두 죽었다고 생각하는 거냐?"

"가보면 알겠지."

도무진은 서두르지 않았다. 마을 사람들은 모두 죽었고 영 괴가 아직 마을 안에 있다면 도착의 빠르고 늦음은 의미가 없었다.

마을로 들어가는 길은 마차 두 대가 나란히 지날 수 있을 정도로 넓었다.

오희련은 고개를 빼서 길 양쪽에 있는 집 안을 살펴보았다. 바람에 흔들리는 키 작은 나무와 처마 밑의 딸랑거리는 풍경 외에 스스로 움직이는 건 보이지 않았다.

그다음 집도, 그릇을 파는 가게도. 마을은 시간이 정지해 버린 장소인 것처럼 괴괴한 적막을 품은 채 그들을 향해 팔을 벌리고 있었다.

마을을 삼분의 일쯤 지나자 마을의 공동 우물이 나타났다. 주변으로 한 뼘 높이의 돌이 쌓여 있고 줄에 묶인 두레박이 물 위에 떠 있었다. 우물의 아래쪽에 뚫린 구멍으로 물이 끊임없이 흘러나왔다. 그 물길을 따라 아낙들이 빨래를 할 수 있는 편편한 돌이 놓여 있었다.

평소라면 아낙들의 수다와 아이들이 뛰어노는 모습들로 가득할 공간은 하염없이 흐르는 물줄기만이 움직임의 전부였다.

우물을 지나자 길은 더 넓어졌고 양쪽으로 물건을 파는 가게와 식당이 있는 상업가가 나타났다.

수혼의 걸음이 그곳에서 멎었다. 도무진의 의도가 아니라 수혼이 멈춘 것이다.

크르르르……

말이 아닌 맹수에게서나 나올 그런 목울림이 수혼의 입을 비집고 나왔다. 머리를 낮춰 몸을 작게 움츠린 수혼은 고르고 하얀 치아 사이에서 송곳니를 나오게 만들었다.

도무진은 그런 수혼의 목을 토닥여 진정시킨 후 등에서 내려왔다.

수혼에게 놀랐는지 아니면 다른 귀기를 느꼈는지 나머지 두 마리의 신마도 머리를 저으며 물러섰다.

도무진은 등 뒤의 검 손잡이를 잡고 주변을 둘러보았다. 여전히 움직이는 건 식당 입구에 걸린 천 조각, 바닥을 구르는 옅은 먼지들뿐이었다.

하지만 보이는 게 전부가 아니라는 걸 그의 감각이 전해주고 있었다. 그리고 바늘로 찌르는 것처럼 피부를 찌릿찌릿하게 하는 위험이 하나가 아니라는 것도 알려주었다.

그 위험들은 사방에서 전해지고 있었다.

"영괴, 한 마리가 아니야."

긴장한 표정으로 부적을 꺼내던 오희련이 깜짝 놀라 물었다.

"한 마리가 아니라니? 확실해?"

"수가 많았다면 수민이가 알려줬을 텐데?"

남궁벽은 도무진보다 손수민의 말을 더 믿었다.

찰칵!

도무진이 손잡이를 돌리자 경쾌한 소리와 함께 검이 검집에서 분리되었다.

"긴장하고 있어."

반신반의하는 남궁벽도 검을 잡았다. 누구의 말이 맞든 근처에 영괴가 있는 건 분명하니 말이다.

그의 검이 검집을 반쯤 빠져나왔을 때다. 갑자기 도무진이 왼쪽을 향해 검을 휘둘렀다.

도무진의 검 끝이 머리 위 정점에 다다랐을 때에야 남궁벽은 공격해 온 자를 볼 수 있었다.

먹물을 떨어뜨려 놓은 것같이 온통 검은 눈과 삐죽하게 튀어나온 검은 송곳니. 잔뜩 곧추세운 한 뼘 길이의 손톱이 햇빛을 받아 검게 반짝였다.

그 영괴는 지척에 다다르고 나서야 남궁벽이 알아챌 정도로 빨랐지만 도무진의 검보다 빠르지는 못했다.

위에서 아래로 떨어진 거대한 검은 덮쳐 오는 영괴를 깨끗하게 반으로 잘라 버렸다.

캐애액!

목에 잔뜩 낀 가래를 뱉은 것 같은 비명과 함께 몸속의 피와 내장이 후드득 쏟아졌다.

"뒤!"

도무진의 외침에 깜짝 놀란 남궁벽은 돌아서면서 검을 휘둘렀다. 순식간에 시야를 가득 채운 영괴의 얼굴이 그의 검에 잘려 나갔다.

특유의 비명이 들린 후 땅에 떨어진 영괴의 몸에서 뭔가가 빠져나와 검은 물처럼 땅속으로 스며들었다.

도무진이 죽인 것도 그렇고 남궁벽의 검에 잘린 것도 곧 인간의 모습으로 돌아왔다.

까르륵… 까르륵…….

듣기 거북한 소리가 사방에서 울렸다. 영괴가 한 마리가 아니라는 건 알았지만 많아도 너무 많았다.

골목에서, 집에서, 가게에서, 지붕 위에까지. 영괴는 까마귀 떼처럼 사방에서 나타났다.

"젠장, 이렇게 많다고 하지는 않았잖아."

당황하는 두 사람과 달리 도무진은 입가에 미소를 띠었다.

"실컷 싸워보겠군."

오희련이 도무진의 말을 받았다.

"실컷 싸우기는 하겠지만 이기기는 힘들 것 같은데?"

"좀 더 자신을 믿어."

"내가 가진 부적은 한 마리의 영괴를 가정하고 준비해 온 거야. 내 부적이 없으면 영괴를 죽일 수 없다는 걸 알잖아."

인간의 몸통을 아무리 베어봤자 영괴는 그림자가 되어 땅속으로 숨었다가 그림자를 가진 생물의 몸을 빼앗아 또 조종을 하면 그만이다.

그래서 법력이 깃든 검이 아니면 그야말로 칼로 그림자 베기밖에 되지 않는다.

도무진은 오희련에게 검날을 내밀며 물었다.

"부적의 효과가 어느 정도 가지?"

"한 장당 한 놈."

"몇 장 있는데?"

그녀는 주문과 함께 검날에 부적을 붙였다.

"태상삼관오뢰(太上三官五雷) 구수흘(久隨吃) 섭(攝)!"

부적은 원래 검의 일부분이었던 것처럼 착 달라붙었다. 두 명의 검날에 부적을 붙인 오희련이 뒤늦은 대답을 해줬다.

"마흔 장."

얼추 세어도 눈에 보이는 것만 이백은 되어 보였다. 보이지 않는 곳에는 더 많은 영괴가 있을지도 모른다.

남궁벽이 불안한 중얼거림을 뱉었다.

"우리가 죽을 곳을 제 발로 찾아온 것 같군."

『어둠의 성자』 2권에 계속…

강준현 장편 소설

FUSION FANTASTIC STORY

개척자
Pioneer

『복수의 길』의 강준현 작가가 선보이는
2015년 특급 신작!

글로벌 기업의 총수, 준영.
갑자기 찾아온 몽유병과 알 수 없는 상황들.

"…누구냐, 넌?"
혼돈 속에서 순식간에 바뀐 그의 모든 일상.
조각 같던 몸도, 엄청난 돈도, 뛰어난 머리도 모두, 사라졌다!

스스로도 알 수 없는 낯선 대한민국의 밑바닥부터
다시 시작해야 하는 준영.

"젠장! 그래, 이렇게 산다!
대신 나중에 바꾸자고 하면 절대 안 바꿔!"

그는 과연 이 상황을 극복하고 자신의 운명을
새롭게 개척해 나갈 수 있을 것인가!

Book Publishing CHUNGEORAM

유행이 아닌 자유추구 -
WWW.chungeoram.com

글샴 장편 소설
FUSION FANTASTIC STORY

세상을
다 가져라

[세상을 다 가져라]

문피아 선호작 베스트 작품 전격 출간!
현대판타지, 그 상상력의 한계를 넘어서다!

권고사직을 당한 지 2년째의 백수 권혁준.

우연히 타게 된 괴상한 발명품으로 인해
과거로 회귀한다!

그런데
과거로 온 혁준의 손에 들려 있는 것은 바로
최신형 스마트폰!

"까짓 세상, 죄다 가져 버리겠다 이거야!"

백수였던 혁준의 짜릿한 인생 역전이 시작된다!

Book Publishing CHUNGEORAM

유행이 아닌 자유추구—
WWW. chungeoram.com